16	3	2	13
5	10	11	8
9	6	7	12
4	15	14	1

PEDRO SÜSSEKIND

TRIZ

Petrobras Cultural

editora 34

EDITORA 34

Editora 34 Ltda.
Rua Hungria, 592 Jardim Europa CEP 01455-000
São Paulo - SP Brasil Tel/Fax (11) 3816-6777 www.editora34.com.br

Imagem da capa:
Photo finish de uma corrida de cavalos

Capa, projeto gráfico e editoração eletrônica:
Bracher & Malta Produção Gráfica

Revisão:
Cide Piquet

1ª Edição - 2011

CIP - Brasil. Catalogação-na-Fonte
(Sindicato Nacional dos Editores de Livros, RJ, Brasil)

Süssekind, Pedro, 1973
S788t Triz / Pedro Süssekind — São Paulo:
Ed. 34, 2011.
136 p.

ISBN 978-85-7326-481-4

1. Ficção brasileira. II. Título.

CDD - B869.3

TRIZ

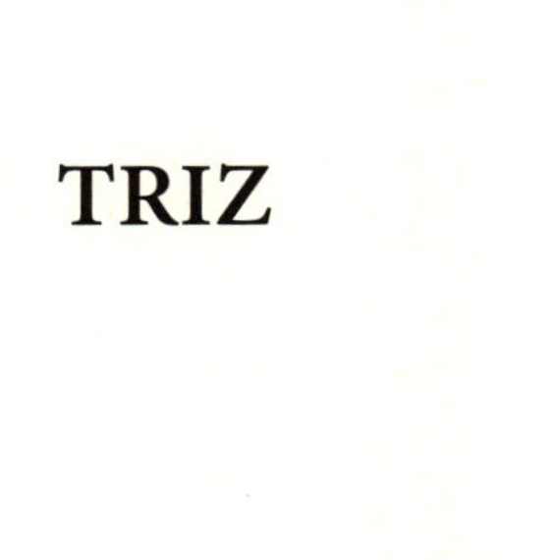

1

Por mais disputada que seja a corrida, há sempre um único desfecho que impõe seus limites à poesia dos futuros imaginados. Antes dele, qualquer coisa ainda pode acontecer, as possibilidades se multiplicam, se confundem em composições e detalhes diversos, se alternam em suspense progressivo, mas tudo isso se encerra bruscamente quando os competidores cruzam a linha de chegada, na simplicidade desconcertante do final. Para um apostador, deveria importar mais o resultado que se traduz em número preciso, inequívoco, e não tanto o percurso, não tanto o relato desse percurso, não tanto os descaminhos que conduziram àquele resultado.

Será verdade que não podemos nos aproximar da mesa de jogo sem que a superstição nos domine?, perguntei a meu primo Joaquim, num tom meio impostado de quem faz uma citação, depois de insistir em sentar exatamente no mesmo lugar do mesmo banco de madeira em que eu tinha sentado, duas semanas antes, para assistir à vitória inesperada de um cavalo chamado Otelo no último páreo do programa. Em frente à arquibancada da Tribuna Social, ao longe, crianças de várias idades brincavam com uma bola, correndo no gramado sem prestar muita atenção na pista.

Separados dos outros, dois meninos estavam encostados na cerca, e no meio dos dois um senhor que supus ser o avô deles; com a cabeça virada para trás, o garoto da esquerda olhava timidamente a brincadeira das outras crianças, enquanto o da direita apontava para os cavalos altos, agitados, que passavam a galope montados por jóqueis de roupas multicoloridas.

Dá-lhe Nunes campeão, berrou de repente um sujeito ao meu lado na direção do conjunto número *8*. Parecia ser um daqueles apostadores falastrões que sempre reclamam da dica errada de algum velho conhecido, alardeando o quanto teriam ganhado se saísse a exata *2* e *7*, ou a trifeta *1*, *6* e *4*, qualquer coisa assim. Por alguma razão, o grito de incentivo desse senhor de barba grisalha me fez pensar no personagem do romance de Gustav Traub acometido daquela espécie de febre do azar que o leva a seguir apostando até estar arruinado. Trocando por um terno escuro à inglesa a estranha combinação de uma camisa social roxa e amarela, bermuda e sandálias havaianas do frequentador carioca do hipódromo num dia de verão, eu poderia situá-lo no apartamento elegante de Gerard Fouquet, despejando sobre a mesa, com seu olhar vidrado, certo da vitória, as fichas obtidas após conseguir um empréstimo do agiota que, dias depois, mandaria atrás dele seu cobrador implacável.

Tínhamos sentado ainda a tempo de ver, em sua corrida de apresentação, os últimos cavalos do segundo páreo de domingo. Quase perdi trinta dólares ontem, Murilo, mas no final compensei meus prejuízos, comentou Joaquim depois da passagem do último cavalo. Eu quis saber: foi em quê dessa vez, Quincas? — Desde quando morava em Londres, meu primo tem essa mania de apostar, a tal ponto que, para ele, sem uma quantia envolvida, não faz o menor sentido assistir a um jogo de futebol, a uma corrida de Fórmula-1, a uma luta de judô ou uma competição de saltos de esqui das Olimpíadas de Inverno. No começo, o assunto era como que um objeto de estudos, porque suas pesquisas sobre estatística aplicada o levaram a se interessar pelas casas de apostas inglesas. Depois ele se tornou um jogador assíduo via internet, e o jogo prevaleceu sobre as pesquisas.

Dessa vez era boxe, como ele explicou, enquanto eu observava de binóculo os cavalos que já começavam a andar em círculos, ao longe, em sua aproximação da linha de partida: a solução foi o Pacquiao, não adianta apostar contra ele, mesmo pagando pouco, e eu sabia que o Morales não tinha chance, mas é aquela coisa de escolher o favorito, dois e meio por um, eu já perdendo trinta... Deu sorte, eu interrompi, e ele me olhou com ar desdenhoso, repuxando o canto direito da boca. Era como se a sorte não tivesse nada a ver com as apostas, que para Joaquim se resumem a um procedimento matemático sob controle, exigindo um mínimo de conhecimento esportivo e cálculos precisos. Nada de jogadas traubianas, correndo o risco de perder tudo ou de obter uma grande vitória num único lance. Já eu, que só enxergo nas corridas as imprevisíveis variações do acaso, até ouço as constantes e variáveis das análises estatísticas, acredito nelas, mas no caminho para o guichê de apostas sempre sou assaltado por alguma intuição definitiva e aparentemente infalível. Os números e os nomes se combinam, tomando forma, e finalmente escolho seguir aquela intuição em vez da estatística. Mesmo assim, é preciso admitir meu fracasso na tentativa de imitar Aleksiéi Ivânovitch, de *Um jogador*, ou Nikolai Kolotov, de *A aposta*, afinal meu sangue russo talvez seja muito diluído para gestos dramáticos, dívidas acumuladas, derrocadas e riscos exagerados. Gasto um pouco, ponho na conta do divertimento; a alegria de um ou outro acerto, se não paga as perdas, compensa com sobra as apostas erradas, que sempre me pareceram culpa dos cavalos e dos jóqueis, por não cumprirem sua parte no acordo firmado de antemão.

Alguém tocou nas minhas costas. Ao me virar, reconheci o rosto do apostador que Joaquim tinha me apresentado na semana anterior, Miranda, um sujeito muito magro e elétrico, com um cavanhaque antiquado e olhos arregalados como os de quem levou um susto. Um rosto de raposa, me ocorreu de passagem quando o identifiquei. Com o programa do dia na mão, ele chegou animado, gesticulando sem parar enquanto contava que tinha uma dica ótima de um dos treinadores para o quarto páreo. Não suporto o tipo que tenta sempre convencer os outros de que conhece algum segredo de bastidores das corridas, pensei, enquanto ele continuava, com seu jeito agitado de torcer os dedos finos, como se suas palavras formassem uma rede para nos convencer: a primeira força é o doze, todo mundo sabe, a barbada da reunião, mas podem confiar que a segunda força do páreo vai ganhar, o cinco vai atropelar... O discurso não me convenceu, até porque eu já tinha percebido no outro domingo a tendência daquele apostador a dar dicas infalíveis que depois não se concretizavam. Depois do primeiro encontro, Joaquim me contou que Miranda era um exímio jogador de sinuca, um autêntico golpista que ele tinha conhecido justamente ao ver alguém ser trapaceado com classe no Clube do Taco, em Copacabana. Ele deixou o cara ganhar várias partidas, sempre de um jeito que parecia muito convincente, jogando bem mas errando algumas bolas importantes, tinha contado meu primo. Depois, só quando as apostas estavam bem altas, o Miranda começou a ganhar uma atrás da outra, não errava uma tacada, o desgraçado...

Confirmando minha expectativa, o cavalo 5, que era a

dica garantida do nosso amigo para o quarto páreo, perdeu terreno no final e chegou apenas em terceiro lugar. Só que também não ganhei nada com a exata que tinha escolhido, Quien Siembra e Repique, embora a escolha também me parecesse infalível alguns minutos antes. Joaquim, como de costume, acertou pelo menos um placê. O que deixa a pessoa mais revoltada, comentei com ele e com o Miranda, é perder uma exata assim: o dez vem em primeiro, do jeito que eu tinha previsto, e acaba sendo ultrapassado faltando dois metros! Para mim, com essa corrida ficava comprovado oficialmente que eu estava sem sorte nas apostas, não tanto por ser o terceiro páreo sem acertos, mas pela maneira como deixei de ganhar cada um, sempre por muito pouco.

No páreo seguinte, por ser o último da noite, decidi apostar todo dinheiro que me restava na carteira. Escolhi um cavalo chamado Funny Guy, um azarão que pagava 63 reais por cada real apostado. E se o oito ganhar?, pensei, em meio a diversas outras especulações diante do programa das corridas, e com isso me condenei irremediavelmente a fazer aquela aposta. Uma frase breve, uma pergunta à toa ocorrida em pensamento foi o bastante. Logo em seguida me arrependi por escolher um azarão e desperdiçar meu dinheiro, no entanto já era tarde demais, pois se deixasse de apostar e ele ganhasse nunca me perdoaria. Cinquenta e cinco no vencedor oito, falei para o mesmo sujeito de bigode branco que, no último páreo vitorioso duas semanas antes, eu escolhera entre os operadores dos guichês no alto da primeira tribuna.

Será verdade que não podemos nos aproximar da mesa de jogo sem que a superstição nos domine?, a frase me passou de novo pela cabeça enquanto descia a escada da arquibancada. Três mil, quatrocentos e sessenta e cinco é o quanto você vai ganhar, anunciou Joaquim depois de analisar minha aposta, com um sorriso meio irônico, certo de que aquilo nunca iria acontecer. O páreo se chamava Prêmio Arpoador, como indica o programa oficial escrito em vermelho que guardo em casa, no qual as minhas apostas daquele dia, marcadas em círculos feitos com uma caneta Bic verde, acumulavam-se inutilmente. Outra corrida para eu perder hoje, lembro de ter pensado no dia, olhando para as letras vermelhas impressas e para os traços verdes de caneta. A escolha do meu primo, também registrada no meu programa, foi a dupla *9* e *1*, El Farak e Heart Broken. Você é que devia ter escolhido o "Coração Partido", ele brincou enquanto me mostrava o bilhete. A brincadeira me deixou atônito, porque Joaquim não tinha comentado nada, até aquele momento, sobre a situação da festa do dia anterior. Fiquei sem saber se era a sua maneira de dizer que tinha entendido meu drama, ou se ele estava se referindo à viagem da minha namorada para a Espanha, meses antes. Em todo caso, o comentário fez passar pela minha cabeça, mais uma vez, os acontecimentos da véspera, nos quais eu não tinha conseguido parar de pensar durante a madrugada. Mas fiz pouco caso da brincadeira, pois o sinal de largada soou, e nossa atenção passou a se concentrar no borrão impreciso do grupo de cavalos que percorriam ao longe a pista, em disparada, especialmente num deles, que pensei ser o meu escolhido, correndo bem atrás dos demais até a última curva.

Pelo que ouvi o locutor dizer no momento da entrada da reta, entendi que estava enganado quanto ao retardatário, mesmo assim ainda era impossível distinguir alguma coisa no tumulto vivo dos cavalos que avançavam pela pista. Os números só ficaram visíveis quando o grupo estava quase em frente à primeira tribuna: o *3* na frente, e em seguida o *1* na disputa pela dianteira, perseguido pelo 6. Riscatto saca um corpo de vantagem, Heart Broken em segundo avança por fora e toma a ponta!, dizia o locutor, as palavras em atropelo no ritmo da corrida. Então reconheci meu escolhido a princípio pela roupa do jóquei — blusa cinza com faixas horizontais azuis e verdes —, aquela mancha colorida oscilando sobre o cavalo preto, em quarto lugar, a dois corpos do grupo que disputava as primeiras posições. Quando pudemos enxergar o 8, sua disparada foi repentina como um estalo. Num momento parecia perder terreno atrás do grupo de cavalos, de modo que eu já lamentava o prejuízo. No momento seguinte, sem aviso, ele veio correndo pela parte de dentro da pista, como se fosse puxado por um fio invisível para ultrapassar todos os favoritos, disputar os últimos metros com Heart Broken e vencer o páreo. Por uma cabeça!, ouvi Joaquim gritar, entusiasmado, comemorando junto comigo sua própria derrota.

A aposta certeira, quando acontece, parece já ter sido programada, como se fosse algo anunciado e inteiramente previsível, como se o cavalo vencedor que cruza a linha de chegada não fizesse mais do que cumprir sua parte num acordo tácito feito com a sorte. Não tinha como errar, pensei, enquanto pegava meu dinheiro, notas e mais notas de cinquenta, num maço que depois exibi para meu primo. Na saída, Miranda pediu desculpas por não poder comemorar conosco e foi embora apressado, então seguimos a pé em direção à Praça Santos Dumont, Joaquim falando ainda sobre a disparada do Funny Guy, a mais incrível que ele já tinha visto, e eu pensando em como era desconcertante quando as várias possibilidades aparentemente imprevisíveis de uma aposta se reduziam dessa maneira ao desfecho esperado.

2

Quando abre a porta de casa, o ar gelado da manhã lhe dá uma sensação intensa de nostalgia. Um crepúsculo fosco se debruça sobre a cidade, na Rue de Grenelle passa lentamente uma carruagem, e os ruídos dos cascos no calçamento parecem despertar as casas das quais despontam os primeiros vultos escuros. O doutor Nikolai Kolotov segue a pé pela Rue de Chaise até o Boulevard Raspail, onde troca algumas palavras com o cocheiro antes de subir no cupê que estava à sua espera. Ao acomodar-se no banco e endireitar o cachecol, sente-se estranhamente à vontade, como se o desconforto tivesse algo de acolhedor. Nunca poderia imaginar que os rigores do inverno russo um dia lhe fariam falta. Quando o cupê parte, ele é acometido por aquela espécie de antecipação perturbadora a que se havia acostumado nas últimas semanas, um sentimento que o atormentava e entediava ao mesmo tempo e que ele desejaria contestar com uma risada de desdém. Mas não consegue rir, pois seu espírito está como que dividido em duas partes: uma voltada para trás, ligada às lembranças de dias de inverno semelhantes em sua cidade natal; outra que tenta se projetar adiante e divisar o próximo lance que a fortuna lhe reserva. Kolotov procura se distrair enquanto o carro avança pela Rue de Vaugirard fazendo ecoar pela vizinhança o som ritmado dos passos dos cavalos. Pela janela do cupê se veem os galhos desfolhados das árvores no Jardin du Luxembourg, que desenham seus traços escuros como ranhuras pouco discerníveis na penumbra, contra um céu gris.

Chega a ser irônico reproduzir as descrições do romance de Traub sobre o inverno parisiense com esse calor sufocante, pensei, enquanto observava minha companhia daquela manhã em seu demorado exercício narcísico. Exatamente quando terminei de escrever a última frase do parágrafo, o passarinho amarelo voltou a entrar pela janela da sala e pousar na cômoda, diante do espelho, para examinar com atenção o seu reflexo. Saltitava por alguns segundos e de repente recomeçava os pulos e bicadas, na tentativa de enfrentar o outro passarinho que tinha à sua frente. Da minha posição, no canto da sala que funciona como escritório, parei o que estava fazendo para acompanhar aquele comportamento insólito. Era a segunda vez que ele entrava, naquela manhã, e de novo eu me distraía para observar sua estranha luta contra a imagem do espelho. Com cuidado, levantei da cadeira a fim de apanhar a câmera para fotografar meu visitante. Pelas frestas entre os livros, na estante que separa a sala de estar do meu escritório, ainda vi outro rompante de saltos e bicadas, mas quando voltei o passarinho já tinha desaparecido.

De volta à mesa de trabalho, segui adiante na tradução, anotando num caderno palavras duvidosas ou frases mais difíceis para resolver depois. Kolotov relembra uma conversa com Lisa, na noite anterior, durante a ceia, sobre a brincadeira do filho, Fiédia, que consistia em imitar os sons dos cascos batendo no calçamento da rua. Ocorre a ele, então, a ideia perturbadora de que seu filho vivera apenas um ano em Moscou, e com isso provavelmente não teria nenhuma recordação de sua cidade natal, uma criança que já estava no exílio antes mesmo de aprender a falar. É nisso que ele está pensando enquanto a paisagem matinal passa, preguiçosa, pela janela do cupê, até chegarem à porta do hospital. Da mesma maneira que as instalações da clínica Sainte Anne, os auxiliares do médico são descritos em poucas linhas: o primeiro é um homem severo, que fala pouco e talvez por isso dê a impressão de dedicar-se sempre a um assunto grave, o outro é um sujeito desengonçado, às vezes preguiçoso, mas pacato. Em contrapartida, Traub descreve minuciosamente os diagnósticos apresentados a Kolotov por esses auxiliares, os doutores Arnoux e Pellerin, o que me obrigaria a consultar um especialista a respeito dos termos técnicos de medicina que são empregados, pensei. Ao discutir o quadro clínico complicado de uma paciente, Pellerin repete o que o narrador do romance chama de sua velha cantilena a respeito da ineficácia da ciência, considerada um modo de pensar ultrapassado que segue o mesmo caminho de suas avós, a alquimia e a metafísica. Uma canção que já foi cantada?, anotei como pergunta a expressão estranha, para checar depois.

Às cinco da tarde, com o dia de inverno já escurecendo, Kolotov finalmente deixa o centro hospitalar Sainte Anne e segue a pé pela Rue Garancière, alegadamente em direção ao laboratório do dr. Olivier Magand. De tanto observar o mapa com as ruas de Paris, aberto na tela do computador, minha memória registrou cada detalhe de seu percurso. Seus assistentes no hospital e sua mulher supõem que ele dedica todas as tardes, durante a semana, às pesquisas farmacêuticas, entretanto Kolotov percorre obstinadamente a pé, como faz todos os dias da semana, o Boulevard Saint-Germain, entra à direita na Rue Monge e anda com pressa até o número 45. E o primeiro capítulo termina assim, sem dizer o que ele iria fazer naquele endereço.

Tomando uma xícara de café, gravei o arquivo com o início de *A aposta* vertido do russo para o português. Satisfeito com esse resultado — em especial com o primeiro parágrafo, que sei de cor, de tantas vezes que revisei — decidi verificar as mensagens no computador. Tinha chegado um aviso urgente do departamento de Letras avisando que eu precisava entregar meu projeto definitivo; Joaquim comentava minha vitória sensacional nos cavalos, dizendo que finalmente eu tinha aprendido alguma coisa com ele; mas não havia nenhuma mensagem da Cláudia. Dois ou três dias antes isso teria me incomodado, pensei, notando que naquele momento me sentia indiferente, até com uma espécie de alívio que me surpreendeu. Seria um efeito do meu encontro na festa de sábado?, foi o que me perguntei então, enquanto meus pensamentos se dirigiam para outra pessoa. Mas tanto o encontro com a Bia na festa quanto a vitória no jogo me pareciam eventos ligados por uma estranha lei de compensações que não fazia sentido na vida real. O melhor era deixar de lado esses despropósitos e voltar a me preocupar com minha namorada na Espanha.

Pelo telefone talvez não tivesse percebido nada, mas na semana anterior, da última vez que nos falamos pelo Skype, alguma coisa na expressão do seu rosto tinha me incomodado, uma certa impaciência, como se fosse quase uma obrigação me dar notícias. À medida que ela descrevia o último passeio pelo Montjuïc, eu observava na tela um canto da cama e, sobre a mesinha ao lado, uma luminária que parecia azul, ou verde, mas a baixa resolução da imagem não me permitia saber a sua cor exata. A parede era ocupada por duas prateleiras curtas, cheias de livros e pequenos objetos pouco discerníveis, no novo quarto em La Bordeta, bem diferente daquele em que ela tinha passado o primeiro mês, o de Sant Ramon. Agora que Cláudia estava adaptada à vida em Barcelona, fiquei imaginando como eu também me reduzia àquela imagem mal definida, na tela do computador, vista em meio a mil afazeres e descobertas de coisas que já não me diziam respeito.

A ideia, relembrada naquele instante, me fez olhar na direção em que apontava a pequena câmera presa ao monitor, para verificar que ela via por trás de mim, quando nos falávamos, o cabide lotado de bolsas e casacos que nunca guardo, além dos dois pôsteres na parede perto da janela. Toda vez, enquadrando o meu rosto: os troços pendurados que antigamente ela sempre pedia para eu arrumar; a imagem de um sujeito abrindo os braços ao ser alvejado por um tiro, no alto de uma escada de ferro; Edward Norton passeando solitariamente com um cachorro preto e branco sobre um fundo vermelho. Provavelmente, enquanto me ouvia falar da minha rotina tediosa no Rio, ela podia ler o título *The french connection*, escrito em letras vermelhas ao lado do rosto do Gene Hackman, assim como *25th hour*, em grandes letras brancas e irregulares, na faixa preta do outro pôster, imaginei. Mas ela não conseguiria discernir as duas frases menores: *The time is just right for an out and out thriller like this*, na parte de baixo da foto do sujeito alvejado pelo tiro, e a pergunta *Can you change your hole life in a day?*, no centro da imagem do filme de Spike Lee. Ou será que ficava lendo aquelas frases, dispersiva, enquanto falava comigo? A hora certa para um thriller como este... Você pode mudar sua vida toda num dia?

Ao me aproximar da parede com os pôsteres e olhar pela janela o fluxo de carros e pessoas lá embaixo, no Aterro do Flamengo, destacados pela claridade do verão carioca, decidi sair para comprar um ventilador e me distrair das minhas recordações. Minutos depois estava passando pelas barracas de camelôs com todos os tipos de produtos dispostos sobre as bancadas, na esquina da rua do Catete. Atravessei sem esperar o sinal, acompanhando a corrida do carteiro ao meu lado que aproveitara um átimo de pista vazia entre os carros. E assim, enquanto seguia em direção ao Largo do Machado, imaginava cenas de Paris num dia de inverno em 1885: Kolotov ajeitando seu casaco, ao sair do hospital supostamente para trabalhar no laboratório, como Traub o descrevia no início do romance. O sobretudo cinza escuro, a barba grisalha e os passos rápidos por uma calçada movimentada eu devia ter pegado emprestados de algum filme, pensei. Só que a cena na minha imaginação não se projetava em Paris, como percebi logo depois, rindo sozinho ao chegar à praça movimentada. Uma associação de ideias dera ao personagem a aparência de Fernando Rey, na cena em que o detetive interpretado por Gene Hackman o persegue pelas ruas de Nova York, no filme *Operação França*, cujo pôster tenho pendurado na parede de minha sala.

3

Aquela nova manhã de trabalho depois me pareceria estranhamente normal. Bastante concentrado, já tinha traduzido quatro laudas do segundo capítulo e, na sequência, avançara no estudo dos diários de Traub, preparando uma apresentação para o congresso de Letras na Bahia. Pretendia repetir a palestra que fizera no Rio uma semana antes, só com algumas novas informações sobre a vida do escritor. Quando a campainha interrompeu a leitura, estava numa passagem do diário a respeito do conde Vronski, na qual o autor comenta que terminou de reler *Anna Kariênina*, desta vez livre da influência negativa do tolstoísmo. Vem em seguida um parágrafo inteiro sobre o conde, notei ao correr os olhos rapidamente pela página; e, de relance, ainda pude identificar uma ou outra palavra que sugeriam um comentário sobre a corrida de cavalos com obstáculos que Vronski disputa, certamente um dos momentos decisivos de *Anna Kariênina* e, aliás, minha parte favorita do livro, por motivos óbvios.

Supus que o porteiro devia ter saído de novo para tomar um café na padaria da esquina, talvez parando depois para conversar fiado com aquele italiano da banca de jogo do bicho que usa uns tamancos brancos engraçados. O Simão sempre faz isso, o infeliz, deve ter deixado mais uma vez a porta do prédio encostada, pensei enquanto atravessava a sala. E esse pensamento me trouxe à lembrança um senhor muito magro, mulato, de olhar opaco, vestido com um paletó preto puído, que outro dia tinha tocado a campainha e, com um discurso decorado, tentara vender livrinhos e panfletos da sua igreja. Ou então era alguém do prédio, me ocorreu logo em seguida, por isso minha imaginação projetou, atrás da porta fechada que me separava do visitante, o rosto comprido da vizinha do 701 que às vezes me pedia para alimentar sua gata Lúpi quando ia viajar. Quem quer que fosse, eu lamentavelmente seria obrigado a trocar algumas frases, ouvir e responder com educação, antes de poder voltar ao meu livro, àquela atmosfera do realismo russo do século dezenove para onde as considerações feitas por Traub em seu diário me remetiam.

Mas a figura que enxerguei pelo olho mágico não só era totalmente desconhecida, como também me pareceu difícil de classificar à primeira vista. Enquanto perguntava quem era, com a mão apoiada na maçaneta, pude observar, ligeiramente distorcido pela lente, um rosto largo, bastante anguloso, de alguém que disse trazer uma encomenda para o senhor Murilo Zaitsev Albuquerque e ergueu uma pequena caixa de papelão até que ela entrasse em meu campo de visão. Ao abrir a porta, me surpreendi com o personagem corpulento, vestido de uma maneira que não combinava com o verão carioca. Quem teria enviado alguma coisa para mim pelas mãos desse sujeito?, pensei, atônito. Na tampa do pacote que ele me entregou, não se via nenhuma identificação, nem o nome, nem o endereço, nada que distinguisse a caixa como uma encomenda para mim. É um pacote vazio, tenho um assunto para tratar com você, ouvi o visitante dizer então, com aquela mesma voz que antes tinha pronunciado meu nome e que parecia mais fina do que se esperaria, uma voz que não combinava com o dono. Após alguns segundos como que paralisado, tive o reflexo de fechar a porta de repente, num movimento brusco, mas ela se moveu apenas uns dez centímetros e parou, travada.

Num tom seguro, como se estivesse me ajudando a resolver uma situação difícil, ele recomendou calma e, sem nenhuma pressa, quase de maneira preguiçosa, enquanto segurava a porta com a mão e o pé direitos, levantou um pouco a camisa com a esquerda e me mostrou um pequeno objeto metálico enfiado na calça. Usando a ponta dos dedos, ergueu ligeiramente uma pequena pistola preta, que por um instante me pareceu ser de brinquedo, parte de algum tipo de jogo do qual eu me via participando. Apenas me mostrou a arma, sem sequer tirá-la por completo, em seguida ajeitou a camisa e permaneceu imóvel, à espera da minha reação. Passaram pela minha cabeça, num segundo, diversas possibilidades de continuação daquela cena. Calibre vinte e dois, pensei então, com a lembrança vaga de uma pistola parecida que tinha visto quando era criança, mostrada por meu primo Joaquim numa gaveta da mesa de cabeceira, na casa do nosso tio-avô que já tinha perseguido um ladrão durante a noite. Lembrei de repente daquela lenda familiar, segundo a qual tio Otávio tinha feito vários disparos, mas o ladrão conseguira escapar mesmo assim, com pelo menos dois tiros na perna, porque calibre vinte e dois não matava se não pegasse no coração, como Joaquim me dissera. Aos nove ou dez anos, eu tinha acreditado na história, como em tudo o que meu primo mais velho contava.

Precisava aceitar essa realidade nova, repentina, que se resumia àquele sujeito ali parado, muito branco, de cabelo cor de madeira escura espetado como uma escova, usando uma jaqueta de couro em pleno verão, com uma arma enfiada na calça. O homem era um pouco mais baixo do que eu, no entanto sua atitude decidida impunha respeito suficiente para anular qualquer fantasia de filme policial americano. Não havia nenhuma outra saída no momento, a não ser recuar alguns passos e deixar entrar no apartamento o invasor, ou assaltante, cuja presença transformava a sala tão conhecida, um minuto antes tão segura, num local confuso e ameaçador. Pelo menos a explicação mais fácil era a de um assalto, foi o que especulei, sentindo o coração bater em disparada, enquanto os pensamentos iam e vinham em busca de algo que me desse uma pista de como deveria reagir. Meu nome completo e a declaração dele de que tinha um assunto para tratar comigo complicavam essa hipótese do assalto, como me dei conta observando-o examinar sem pressa a sala e se encaminhar para perto da janela.

Apesar da atenção despertada pelo medo e da consequente rapidez do pensamento, aquela visita inesperada dava uma impressão de sonho, um daqueles pesadelos em que a gente, diante de um evento ilógico, desconfia que está dormindo e consegue escapar da situação incômoda para o conforto da cama. Permaneci estático enquanto o sujeito, em completo silêncio, sentava na poltrona em que costumo me instalar para ler e passava a mexer nos bolsos da jaqueta, até finalmente achar alguma coisa. Não era a maneira de agir de um assaltante, com certeza, foi minha conclusão ao me aproximar para apanhar o papel dobrado que ele me estendeu. E se não era um assaltante provavelmente estava cometendo algum engano, lembro de ter pensado, com uma esperança nova de poder me livrar o quanto antes da situação.

Desdobrei um cheque um pouco amassado, no qual estava escrito por extenso o valor de três mil e trezentos reais. Perplexo, voltei a encarar a expressão séria e impassível do desconhecido que, instalado confortavelmente na poltrona, mexia de novo nos bolsos da jaqueta. Dessa vez, ele tirou dali um cigarro fino e um isqueiro prateado. Observei seu gesto tranquilo de acender o cigarro antes de examinar mais uma vez o cheque e só então me dar conta de que se tratava da minha própria assinatura: o nome completo estava escrito sob a linha em que se podia ler claramente o desenho tão habitual, tantas vezes repetido, do "M" e do "R" unidos por traços irregulares, com os pingos que sempre faço questão de marcar e a volta do "o" final destacada do traço. Você tentou blefar com a pessoa errada, o invasor disse de repente, na hora do desespero a gente faz qualquer coisa pra se safar. Olha, comecei a dizer, esse cheque parece que é meu, mas não tenho a menor ideia... Parei quando ele levantou a palma da mão, olhando para mim com um ar muito sério: senta aí e fica quieto. Depois que me acomodei no sofá, do outro lado da mesa de centro, ele permaneceu em silêncio por bastante tempo, soltando baforadas de fumaça, antes de seguir com a sua explicação. Na parede atrás dele, ironicamente, funcionava como um pano de fundo para a cena o pôster de *Operação França* com a foto de um homem sendo alvejado por um tiro.

Ele deu o serviço para mim porque eu trabalho aqui na área, do lado de cá da cidade, o sujeito de jaqueta de couro disse. Só uma coisa..., interrompi temerariamente, não sei de quem se trata, juro, não faço a menor ideia... Mas ele continuou a falar com a mesma frieza de antes, como se não tivesse ouvido nada, ou como se estivesse seguindo um roteiro preparado. Porque comigo não tem erro, afirmou num tom mais exaltado, você não faz ideia o que tem de endividado por aqui, quase todos pegam uma grana emprestada e depois alguém precisa recolher, senão eles vão pegar mais e mais e mais... Você sabe como é que é, um buraco sem fundo, comentou num tom frio de quem discute assuntos profissionais. Fez um intervalo para bater a cinza do cigarro no canto da mesa. Pois é, esse alguém *sou eu*, foi como concluiu a explicação, enfatizando aquelas palavras como se estivesse terminando de se apresentar. Vem cá, é sério, com certeza isso é alguma confusão, porque eu não peguei dinheiro emprestado com..., comecei a argumentar, tentando manter a calma. Mais uma vez, meu interlocutor não me deixou terminar a frase: comigo não tem erro, reafirmou, convicto, você sabe que eu não posso chegar lá de mão abanando... ou eu levo a grana, e assim você salva a tua pele, ou..., ameaçou, soltando uma nova baforada. Acompanhei a espiral da fumaça em câmera lenta, sem saber o que dizer. Não é que eu tenha nada contra você não, pessoalmente, mas esse é o meu trabalho, nem adianta tentar me enrolar, se vier com muito papo furado, bem, você pode imaginar quanto papo furado eu ouço, e nenhuma vez eu vou embora sem resolver a situação de um jeito ou de outro. Você escolhe.

Por menos que conseguisse compreender, as alternativas eram claras. Tinha caído naquela armadilha, agora só me restava encontrar uma saída, não adiantava me debater porque provavelmente isso só me deixaria ainda mais emaranhado, mais preso nos meandros da situação. Só me restava a opção de pagar ao sujeito a suposta dívida, mesmo sem saber o que estava pagando, com uma comissão para o cobrador e um pedido de desculpas. Era isso ou testar a teoria do meu primo sobre o tiro de calibre vinte e dois.

4

Ao chegar à rua, enquanto avançava entre as crianças que naquela hora saíam da escola vizinha ao prédio, tentei pôr em ordem meus pensamentos. Se aquilo não era uma cobrança verdadeira e sim um assalto (afinal eu não lembrava de ter nenhuma dívida), como aquele cheque tinha ido parar nas mãos do ladrão? Pelo olhar curioso de duas meninas de uniforme cinza, num grupo concentrado em torno da barraquinha de churros, percebi que tinha feito um gesto brusco com a mão espalmada para a frente e depois encostada no queixo. Capturei o riso discreto de uma delas, de relance, enquanto a outra, uma gordinha com uma mochila imensa nas costas, comentava alguma coisa em seu ouvido. Olha só aquele maluco, ou alguma coisa assim, pensei, ao atravessar a rua em direção à calçada mais vazia do outro lado.

Por mais que me esforçasse, não conseguia bancar o detetive e encadear um raciocínio lógico a respeito daquela história, à medida que passavam por minha cabeça, incoerentes, as cenas do encontro com aquele sujeito que viera cobrar uma dívida imaginária. Atravessei o Largo do Machado ainda tentando enxergar, em meio aos passantes apressados, sob o sol forte, aquele personagem atarracado de jaqueta de couro, mas sem muita esperança de vê-lo. Tinha uma vaga impressão, inteiramente ilógica, de que nossa negociação tinha corrido conforme o esperado, como se eu precisasse mesmo resolver uma pendência.

Não pretendia procurar a polícia, mas precisava contar a alguém o que tinha acontecido comigo. Tentei ligar para o Joaquim, mas o celular estava fora da área ou desligado, então desisti sem deixar recado e fui para a casa dele assim mesmo. Sabia que ele acordava tarde e não gostava de atender o telefone, especialmente de manhã, por isso o mais provável era que estivesse lá sozinho, calculei enquanto andava em direção ao ponto, identificando de longe que, por sorte, o ônibus que seguia para a Gávea estava prestes a sair. A viagem pareceu durar um minuto, nem percebi passar a rua das Laranjeiras e o túnel Rebouças, lembrando repetidamente a conversa na sala do meu apartamento sem ser capaz de tirar qualquer conclusão.

Quando cheguei, por volta de meio-dia, Joaquim estava mesmo sozinho em casa. Sua mulher tinha saído para passear no Jardim Botânico, como costumava fazer nas manhãs durante a semana, levando a empregada da casa para ajudar a tomar conta do filho. Ao ouvir a campainha, contrariado pela interrupção de sua leitura atenta do Jornal dos Esportes, meu primo atravessou a sala especulando quem poderia ser, da mesma maneira que eu tinha feito mais cedo. Quando abriu a porta, se deparou comigo: que é isso, Murilo, que cara é essa de quem viu um fantasma? Aconteceu um negócio estranhíssimo, eu disse esbaforido, tive que vir para cá porque precisava contar...

Desconcertado por me ver naquele estado, ele me deixou entrar e me ofereceu alguma coisa para beber. Sei lá, um uísque ou qualquer coisa, pedi, sentando numa cadeira de balanço que fica logo na entrada. Tenho aqui, vou pegar um copo pra você, respondeu, mas foi o quê? Algum assalto?, ouvi sua voz vindo da cozinha. Mais ou menos, você não tem ideia do que aconteceu... esperei ele sentar e comecei a contar, num ritmo um tanto acelerado, despejando as palavras em atropelo, que estava em casa mais cedo quando tocaram a campainha. A coisa toda foi inesperada, imagina só, foi como você fez agora há pouco quando eu cheguei, de repente tocam a campainha e você vai lá atender pensando em quem poderia tocar àquela hora, assim sem aviso, e em vez de me encontrar atrás da porta, você dá de cara com um desconhecido, um sujeito estranhíssimo que parecia saído de algum filme, sei lá, dizendo que tinha uma encomenda e tal...

Enquanto contava a história, fui me acalmando e aos poucos passei a falar num ritmo mais normal. Narrava o que tinha acontecido e ao mesmo tempo como que representava para ele o papel do visitante. Joaquim me olhava alarmado, parecendo não acreditar no que eu estava falando. Então fui revirando os bolsos laterais da bermuda e tirei de um deles um pequeno envelope pardo para lhe mostrar à medida que continuava a contar: de repente o sujeito revira os bolsos da jaqueta e me tira isso aqui, dá só uma olhada, um cheque meu, era daí que ele conhecia o meu nome, eu acho. Ele fez que sim com a cabeça. Mas já procurei todos os canhotos velhos que consegui encontrar na gaveta da minha escrivaninha..., acrescentei, à medida que tirava os vários bolinhos de papel grampeados que estavam no mesmo envelope. Então ele examinou o cheque, com uma expressão em que me pareceu ter notado um sinal de alívio por ver uma possível evidência de que eu não estava louco. E nada, não encontrei nenhum com esse valor, dá só uma olhada pra me ajudar a entender esse negócio, continuei, perto de chegar ao final da história.

Na verdade, eu disse, foi a grana da aposta no Jóquei que me salvou. Se não fosse a sorte de ter esse dinheiro em casa, sei lá o que teria acontecido, Quincas. Postas na balança as alternativas, naquela situação, eu me dera conta de que só conseguiria me livrar do visitante indesejado caso pagasse a dívida ali, no ato. Obviamente não adiantava fazer outro cheque, e a proposta de sair para o banco poderia parecer uma tentativa de fuga, eu tinha pensado num segundo, olhando o rosto anguloso do cobrador, que estampava uma expressão ao mesmo tempo impassível e obstinada, na qual estava escrito que eu levaria um tiro caso desse uma explicação que soasse mal. Claro que vou pagar, eu dissera então, um instante antes de a solução me ocorrer. Naquela circunstância aparentemente sem saída, conforme contei ao Joaquim, diante do sujeito com a pistola, a salvação só me ocorreu mesmo na última hora. Após titubear por um momento, tinha lembrado da aposta e do maço de notas de cinquenta que estava guardado num envelope, na gaveta da escrivaninha. Reproduzi a conversa: não tem nenhum problema, eu disse, vou pegar o seu dinheiro agora, você pode vir comigo, é naquela salinha atrás da estante. O sujeito permaneceu impassível e apenas assentiu com um gesto da cabeça, como se estivéssemos tratando de um negócio qualquer. Depois disso, o momento mais tenso foi o de abrir a gaveta, porque notei que ele tinha posto a mão na pistola, sem dizer nada, talvez imaginando que eu pudesse ter alguma arma também, escondida ali. Pode deixar que só vou pegar o dinheiro, fiz questão de dizer, já vendo o envelope. E a partir daí a negociação transcorreu sem sobressaltos: aqui você tem três e mil quinhentos e sessenta e cinco reais, pode verificar, e a diferença fica pelo serviço. O sujeito contou as notas mecanicamente, sem se apressar, e respondeu que tudo bem, eu tinha feito a coisa certa, agora podia ficar tranquilo; em seguida o acompanhei até a porta. Sempre impassível, como se ameaçar a vida de alguém fosse algo corriqueiro, ele ainda repetiu antes de sair que eu não precisava me preocupar, porque agora a dívida estava paga, bastava que o assunto morresse ali. Depois apertou minha mão com firmeza, enquanto me encarava com seus olhos pequenos, e foi embora calmamente.

E tem o seguinte, continuei a contar para meu primo, quando eu desci do meu apartamento fui procurar o Simão, nosso porteiro; acho que tinham passado uns dez minutos pra eu me recobrar do susto, talvez um pouco mais, porque primeiro fiquei um tempo parado na frente da porta fechada, como se tivessem tirado uma tonelada das minhas costas, ainda meio que em estado de choque. Fiquei ali feito um bobo, olhando pra porta, expliquei, só depois disso resolvi sair do apartamento e descer pra verificar se o sujeito tinha ido embora. Encontrei a portaria vazia, com a porta de vidro fechada, e o Simão estava do lado de fora lavando um carro, em frente ao prédio. Ele me disse que não tinha visto ninguém sair e que não sabia como um entregador podia ter entrado, mas o Dimas, o porteiro do edifício vizinho que estava batendo papo com o Simão, contou que tinha visto sair um homem do prédio, sim, nem dez minutos antes, só que foi de relance, não sabia descrevê-lo. Cheguei a pensar em chamar a polícia, mas desisti logo, porque a história toda parecia tão insólita que eu mesmo tinha dificuldade em acreditar nela. Além disso, não esquecia a recomendação de que o assunto morresse ali. É verdade, Joaquim comentou, nunca ouvi uma história dessas.

5

Só na véspera da viagem voltei a trabalhar na preparação da palestra para o congresso em Salvador. Pensei em comentar a nota inicial do livro *A aposta*, uma "Advertência ao leitor", na qual Gustav Traub escreve que o relato é baseado no diário de um distinto cidadão russo, exilado em Paris por motivos não esclarecidos. Mais tarde, no decorrer da história, é que se revela a ligação secreta do personagem com o grupo dos Pervomartovtsi, que em 1881 foi responsável pelo assassinato do czar. Segundo a tal advertência, Nikolai Kolotov, um médico e cientista de prestígio nos meios acadêmicos de seu país, obtivera um posto na capital francesa, onde se encontrava com a esposa e o filho. Seu diário, supostamente enviado para o narrador sem indicação de remetente, não só esclareceria os eventos que envolveram o desaparecimento temporário do médico, como também revelaria aspectos ocultos da personalidade russa na situação de exílio.

Quando o livro *A aposta* foi publicado na Rússia, em 1914, sob o pseudônimo de A. Prokhorov, imagino que aquela "Advertência ao leitor" pode ter deixar o público em dúvida sobre a veracidade dos eventos narrados. A referência ao diário do personagem é retomada apenas duas vezes no decorrer do romance, sendo a primeira no início do capítulo que eu tinha começado a traduzir naquela mesma manhã e que terminaria na tarde seguinte, logo antes de sair para o aeroporto, como sempre atrasado, contando os minutos durante o caminho com medo de perder o voo. É o capítulo em que Kolotov se encontra em sua sala, no hospital, e registra no caderno de capa de couro preta uma breve consideração sobre a necessidade de manter em segredo as tardes na casa de Fouquet, que constituem os únicos momentos de seu cotidiano passados sem inquietação. Ele anota: talvez o segredo seja menos a própria atividade do que esse sentimento perturbador de que a vida só faz sentido durante as horas de jogo.

O narrador nos conta nesse capítulo a chegada de Kolotov ao número 45 da Rue Monge, numa tarde de inverno parisiense. O apartamento no qual se localizam as mesas de jogo está mais cheio do que habitualmente, e pela primeira vez o anfitrião não recebe Kolotov na antessala. O mordomo que apanha seu sobretudo, logo na entrada, avisa que o sr. Fouquet se encontra no salão principal, depois recebe o depósito e fornece ao médico uma caixa com fichas. Joga-se uíste nas duas mesas da primeira sala, e pela solicitude com que os criados cercam uma delas é possível deduzir a riqueza dos participantes. De passagem, Kolotov reconhece apenas o banqueiro Lieuvain, cujo rosto gordo, emoldurado por grossas suíças, saíra nas fotos das notícias de jornal relativas a um recente escândalo político. Na primeira mesa da sala seguinte, o jovem inglês de cavanhaque louro que costuma bancar ensina um grupo de oficiais a jogar pôquer. Com isso, é o próprio Fouquet quem está posicionado na banca da grande mesa oval do salão dedicada ao faraó, em torno da qual se reúne naquele momento pelo menos uma dúzia de participantes.

Quando Kolotov chega, pode observar que a carta da banca é um nove de paus, e a carta do jogador, um seis de copas. Quatro fichas vermelhas encontram-se logo acima do rei de espadas, diante de um desconhecido cujo rosto estampa uma expressão ao mesmo tempo confiante e zombeteira. O narrador o descreve como um homem muito magro, mas que não aparenta de modo algum fragilidade, e sim uma firmeza que tem algo de brusco, suscitada mais pela precisão e rapidez dos gestos do que pela constituição física. Vendo a banca recolher suas fichas, esse novo frequentador da mesa de faraó comenta em francês, com forte sotaque russo, que a *carte anglaise* ainda lhe traria boas surpresas. O dono da casa sorri, sempre cortês, embaralhando a fim de iniciar outra rodada, enquanto os jogadores começam a dispor suas fichas sobre o diagrama que expõe a sequência completa do naipe de espadas. Ao traduzir o trecho, anotei que talvez fosse necessário fazer uma nota para explicar que, no jogo de faraó, as apostas eram feitas colocando-se as fichas sobre as cartas daquele naipe.

Kolotov cumprimenta o anfitrião, dizendo-lhe que é uma honra jogar numa mesa com banca tão ilustre. Então Fouquet o saúda amavelmente e indica o lugar vago bem ao lado daquele cavalheiro de grandes olhos negros (olhos vulpinos, segundo a definição de Traub que me levou a consultar o dicionário) dirigidos fixamente para as fichas vermelhas que equilibra em seus dedos finos, como se as examinasse. O valete que andava rondando o pensamento de Kolotov é sua primeira escolha, por isso ele separa três fichas verdes, o equivalente a quinze francos, para depositar sobre a carta. A intenção do médico é permanecer ali até recuperar seus prejuízos daquela semana. Seu vizinho de mesa move a mão quase ao mesmo tempo que ele no momento de posicionar as fichas. Os braços chegam a se tocar levemente, então o homem pede desculpas e aguarda que Kolotov termine sua aposta. Desta vez fala em russo, não em francês, em seguida deposita oito fichas vermelhas sobre a carta escolhida.

Quando Fouquet vira à sua direita o rei de paus, o desconhecido de rosto excepcionalmente fino dirige-se a Kolotov: o rei, enfim, mas na carta da banca, isso é lamentável. Sua frase, dita com serenidade, acompanha o movimento de abertura da carta vencedora, à esquerda, um oito de copas que não premia nenhum dos participantes da rodada. Fouquet recolhe todas as fichas, ouve as imprecações contra a sorte adversa e aguarda que sejam feitas as novas apostas. Antes de todos os demais jogadores, o cavalheiro russo sentado ao lado de Kolotov arruma com cuidado, sempre sobre o rei, dezesseis fichas vermelhas. Seu gesto rápido é acompanhado com atenção pelos presentes. Fouquet lhe faz um ligeiro aceno com a cabeça, com um sorriso de assentimento nos lábios, como se aceitasse de bom grado o desafio. Alguns dos jogadores sobem suas apostas, influenciados pelo alto valor depositado sobre a mesa, todavia Kolotov não se deixa impressionar, separa tranquilamente outros quinze francos e opta por colocá-los entre o valete e o dez, sinalizando uma dupla.

Quando são abertas as cartas, o médico tem uma sensação de alívio, como se a sorte já lhe estivesse devendo aquela pequena vitória. Não surgira o valete que insistia em sua imaginação nos dias precedentes, em sonhos e antecipações, mas sim o dez de paus. Por curiosidade, o apostador vitorioso vira-se para o seu vizinho na mesa, que lhe devolve o olhar com uma expressão impassível. Na rodada seguinte, feitas as apostas, destacam-se mais uma vez sobre o diagrama as pilhas de fichas vermelhas acima do rei de espadas, totalizando mil e seiscentos francos. O cavalheiro russo parece indiferente ao acompanhar os movimentos de Fouquet, cuja expressão trai algum nervosismo mal disfarçado no franzir das sobrancelhas. A serenidade inabalável com que aquele jogador faz apostas tão altas, em contraste com as expressões preocupadas e a agitação dos demais participantes, parece ter começado a afetar o anfitrião.

Kolotov nota o leve sinal de contentamento na expressão do rosto de Fouquet quando este vira duas damas, uma de ouros e a outra de paus, já que, com esse *doublet*, a banca fica com metade do valor apostado pelos vencedores. Recolhidas novamente as fichas, enquanto o dono da casa embaralha as cartas e os jogadores fazem novas apostas, aumenta a expectativa com que os olhares se dirigem ao cavalheiro russo, a quem já restavam poucas fichas. Ele solicita à banca que espere por um momento a chegada do crupiê com uma nova caixa. Em seguida retira da caixa e deposita sobre o rei com movimentos precisos trinta fichas pretas e quatro vermelhas, mais de três mil francos investidos numa única rodada de faraó. Fouquet respira fundo e deseja boa sorte a todos, quando termina de embaralhar e dispensa a primeira carta.

Tanto o banqueiro Lieuvain, com seu cachimbo pendurado na boca, quanto os oficiais que Kolotov vira jogando pôquer na sala ao lado se juntaram aos curiosos em torno da mesa de faraó. A carta da banca é virada: um três de ouros inócuo. Segue-se então um instante em que todos os presentes prendem a respiração. Aqueles poucos segundos se prolongam no silêncio completo que toma conta da sala. (Traub teria usado a expressão câmera lenta, se a conhecesse, como pensei ao traduzir o trecho.) Quando o rei de copas é virado, toda a sala se manifesta. Fouquet permanece por alguns segundos imóvel, com um olhar perdido, antes de se recobrar do choque, mas logo consegue se recompor. Como bom anfitrião, pergunta ao vencedor se ele deseja receber. Imperturbável, o cavalheiro assente, e em seguida diz algo em voz baixa para Kolotov. O ambiente ruidoso o impede de ouvir com clareza a frase sobre Elisabeth I e Carlos Magno, um gracejo com os símbolos que tradicionalmente eram atribuídos às cartas. O jogador vitorioso cumprimenta o dono da casa, recolhe seu dinheiro e se retira.

6

Certamente existem dessas coincidências desconcertantes, reconheço. São raras, mas acontecem. Aliás, a vitória de um azarão justamente no páreo em que resolvi apostar nele me parece quase tão inacreditável, no fundo, quanto o surgimento de alguém na minha casa para cobrar, ou roubar, a soma que eu tinha ganhado. Era natural desconfiar dessa segunda conjunção, embora ela me parecesse, no curso aleatório dos eventos, uma forma de compensação bastante justa. Antes de eu sair da casa do Joaquim, no dia da cobrança, ou assalto, ou o que quer que fosse, ele observara que era muito suspeito o valor do cheque ser quase o mesmo que eu obtivera no Jóquei. Seria coincidência demais, ele disse, só pode ser um golpe, alguém deve ter planejado isso... Como o Miranda tinha presenciado minha vitória, a suspeita recaiu sobre ele, evidentemente, por se tratar de um golpista e de um apostador compulsivo. De fato, desde o primeiro momento na arquibancada do hipódromo, quando meu primo apresentou aquele sujeito que tinha conhecido no salão de sinuca, não fui com a cara dele. Mas, apesar disso, a ideia de um golpe arquitetado não me convencia.

Joaquim ainda lembrou que, por acaso, também tinha visto o Miranda no domingo em que almoçamos com o

Braga e a filha. Eu devia ter visto, porque ele passou bem na nossa frente na hora do retrato, só que não o conhecia ainda. Posso apenas projetar agora o rosto dele na minha lembrança, em busca de algum indício, mas isso não passa de uma fantasia. E aliás, retrospectivamente, minha vida me parece bem mais simples naquele dia, antes de conhecer o Miranda, antes da festa na casa do Rodrigo, da vitória nas apostas, da visita do cobrador. Recordo que, quando estávamos entrando no estacionamento do Jóquei, resolvi contar ao Joaquim que não falava com a Cláudia havia mais de uma semana: a gente conversou e... E o quê?, ele ficou me olhando, porque eu parei a frase no meio. Foi minha primeira conversa desse tipo pelo Skype, um marco tecnológico, falei enquanto ele procurava o binóculo em meio à confusão do banco de trás. Seu carro também vai ser assim quando você tiver filho, ele comentou... Mas aconteceu alguma coisa? Algum de vocês arrumou outra pessoa?, quis saber, já com o pequeno estojo preto na mão. Ela eu não sei, Quincas, pode até ser; eu fiquei com uma menina outro dia, por sinal surpreendente, mas não foi nada sério não, respondi. Fiz menção de abrir a porta: outra hora te conto direito, mas às vezes acho que a história com a Cláudia não tem muito futuro mesmo.

A combinação era que iríamos primeiro para o bar, com o intuito de assistir ao páreo no hipódromo de Santa Anita de que todos estavam falando. Porque nessa prova havia um cavalo brasileiro inscrito, Sexta-Feira, montado pelo F. Lopes, jóquei da casa que já tinha dado muitas alegrias a meu primo. Que calor insuportável!, ele comentou no caminho, sacudindo a gola da camisa, para introduzir outro assunto: e quando a gente vai de novo lá pra serra de Minas, curtir um friozinho à noite e tomar o melhor café da manhã do universo com a dona Lurdes? Embora seja meu primo por parte de pai e não tenha nenhum parentesco com o lado russo-mineiro da família, Joaquim adora ostentar a intimidade adquirida nas diversas ocasiões em que viajou comigo para Diamantina. E beber a vodca do tio Nico pescando no açude?, ele completou, referindo-se à cachaça que meu tio Nikolai produzia na fazenda da Serra do Espinhaço e que meu avô, quando era vivo, sempre chamava pelo nome da aguardente de sua terra natal. Pois é, nesse verão acho que não vou pra Minas, porque tenho que terminar a tradução, comentei antes de entrarmos no bar. Entrei a contragosto, pois no fundo só me interessa jogar quando posso ver os cavalos disputando, ao vivo, para recriar concretamente o que eu tinha acabado de projetar em minha imaginação.

No *Turff Bet & Sports Bar*, inaugurado embaixo das arquibancadas da primeira tribuna, com ambiente climatizado e guichês de apostas próprios, o balcão estava especialmente cheio naquela tarde abafada do verão carioca. Das mesas vinha o burburinho de muitas conversas dos senhores compenetrados que acompanhavam, nas várias telas de televisão em cada parede lateral ou nas outras dezenas ao longo de todo o salão, corridas de cavalos espalhadas pelo mundo. O movimento era grande também nos guichês, com exceção dos dois últimos, reservados para as disputas nacionais. Como para mim não faz sentido apostar em eventos à distância e assistir a corridas pela tevê, consultei o único monitor que mostrava as estatísticas locais, enquanto o garçom nos trazia duas garrafas de cerveja, depois optei pela égua Matéria Prima como vencedora do Prêmio Quiprocó. Parecia até que eu fazia questão de escolher nomes brasileiros para a aposta nacional, pensei ao deixar o guichê com meu bilhete de pule. Foi quando reconheci de longe numa das mesas o tio da mulher do Joaquim, Braga, conversando animadamente com duas garotas sorridentes que se destacavam naquele lugar quase todo ocupado por respeitáveis apostadores de mais de sessenta anos. Explicava a elas os mistérios das tabelas, siglas e números dos programas espalhados à sua frente. E então se levantou animado para falar com o meu primo, que vinha andando por entre as mesas.

Quando Joaquim voltou de Londres com aquela obsessão pelos jogos de azar, sua mulher tinha feito questão de apresentá-lo ao tio, o grande apostador da família, dono de um haras chamado Bela Vista, em Teresópolis, do qual já saíram alguns campeões de grandes prêmios. Na época, ao ouvir essa história, imaginei um sujeito perdulário, o típico mau exemplo que serviria para afastá-lo do vício, ou algo assim. No entanto, Braga era exatamente o contrário, um empresário riquíssimo, se não me engano dono de uma mineradora, que mantinha uma longa tradição familiar de criadores de cavalos de corrida e sócios do Jóquei Clube. Com o tempo, ele se tornou um consultor financeiro de meu primo e o ajudou a multiplicar a fortuna da sua mulher investindo em ações.

Fui apresentado à filha mais nova de Braga, Natália, uma garota séria, de olhos grandes, que aparentava ter uns dezesseis anos, e também a uma amiga dela lindíssima, com um bronzeado de surfista e cabelo castanho claro muito liso, que me cumprimentou com um ar meio blasé. Joaquim deu notícias de Marta, que estava ótima, divertindo-se com a reforma do apartamento, e do filho deles, que tinha feito quatro anos recentemente. Sentamos nas cadeiras providenciadas pelo Braga, logo em seguida chegou um garoto louro também muito bronzeado e se apresentou como Leo, enquanto distribuía os bilhetes de pules relativos ao páreo de Santa Anita. Matungo, azarão, azarão, matungo, vocês querem ficar ricos ou o quê?, não escolheram nenhum cavalo com chance, Braga analisou as apostas, debochando. Teu namorado te aconselhou mal demais, o jeito é contar com a sorte de principiante, ele disse para Mariana, a amiga de sua filha.

Fui obrigado pelas circunstâncias a ver o Prêmio Quiprocó numa tela de tevê, como se fosse mais uma corrida distante, entre as outras mostradas nos monitores, e não algo que estava acontecendo bem ali ao lado. Quase ao mesmo tempo em que a égua Matéria Prima cruzava a linha de chegada em sexto lugar, foi dada a largada no hipódromo de Santa Anita, em Los Angeles, para o Santa Maria Handicap, acompanhado com animação pelos frequentadores no bar. Infelizmente, Sexta-Feira, o cavalo brasileiro, terminou só em quarto, mas no momento da chegada Natália arregalou muito os olhos e esticou os braços para o alto, com as mãos abertas, ao identificar os cavalos *5* e *12* disputando as primeiras posições. Das mesas em volta vinha o rumor do desapontamento geral quando ela passou a balançar na ponta dos dedos o bilhete vitorioso e deu um beijo na testa do pai, que tinha sugerido aquela aposta. Gênia, o Joaquim disse; eu acertei só o doze no placê.

Quando eles levantaram, Braga insistiu para que fôssemos todos almoçar no Favorito, o restaurante do hipódromo, só que antes assistiríamos ao terceiro páreo, no qual ele tinha um cavalo excelente. A caminho da Tribuna Social, demos a volta no prédio e encontramos Borges, o treinador dos cavalos do Haras Bela Vista, com quem eu e Joaquim muitas vezes costumávamos pegar alguma dica em nossas idas semanais às corridas. Ele mostrou o lindo cavalo marrom escuro de patas e crina pretas que um ajudante estava trazendo para percorrer, num andar leve e saltado, as curvas da pequena pista de apresentação. Segundo Borges, o apronto tinha sido perfeito e com certeza Buriti iria ganhar, como podia atestar o jóquei, que vinha apressado, vestido de blusa laranja com uma faixa vermelha em diagonal e boné vermelho, as cores do haras. O rapaz cumprimentou cada um de nós, sempre com um sorriso simpático no rosto, e ouviu com ar compenetrado a recomendação do treinador para que evitasse ficar por dentro na curva. De costas, falando com Borges, parecia uma criança fantasiada, mas ao montar no cavalo com um salto preciso, imediatamente estava em seu elemento, adaptado com equilíbrio e leveza aos movimentos enérgicos do animal.

No alto da tribuna, assistimos à corrida impecável de Carlos Nunes e Buriti na companhia do Braga, que se manteve confiante, fumando um charuto. Segundo a expressão que lembro de ter ouvido do treinador, o cavalo pegou pelo rabo: entrou na reta com alguns corpos de vantagem e manteve a liderança até o final. Cinco minutos depois estávamos ao lado do vencedor, sempre agitado e agora coberto de suor, e do sorridente Carlos Nunes, todos saindo na foto oficial. Nesse momento, devidamente imobilizado numa imagem, Joaquim lembrava de ter visto o Miranda nos observando da grade. Cheguei a acenar, meu primo contou em sua casa; acho que isso foi uma semana depois que nos conhecemos no Clube do Taco, e na semana seguinte ele veio sentar com a gente na arquibancada... Fomos olhar juntos a imagem, que ele fizera questão de guardar, mesmo sabendo que nosso alvo estava fora do alcance dos olhos, posicionado na grade bem atrás do fotógrafo, segundo meu primo.

Depois da foto com o cavalo vencedor, Miranda tinha desaparecido, e o casal de amigos da Natália teve de ir embora, então eu e Joaquim nos dirigimos para o restaurante com Braga e sua filha, que passou metade do almoço contando sobre sua viagem para uma estação de esqui na Suíça. E você, me perguntou Braga depois que Natália terminou de contar a história, já convenceu a namorada a vir ao Jóquei? — Tinha me esquecido de nosso encontro, não fazia muito tempo, numa saída de cinema. Apresentei-o para a Cláudia, na ocasião, como nosso iniciador nas corridas de cavalos, e ele tentou convencê-la de que isso não era *coisa de menino*, como ela dizia, e de que com certeza ela ia adorar quando fosse, de preferência na semana do Grande Prêmio Brasil, porque o Jóquei não era mais o mesmo. Esse aí ficou solteiro por um tempo, Joaquim respondeu por mim à pergunta do Braga. Pois é, a Cláudia foi passar um ano na Espanha, emendei meio sem graça, e ele pareceu que ia comentar alguma coisa, mas fomos interrompidos pela campainha, seguida pela voz do locutor: foi dada a largada... Outro páreo sem acerto, um dia ruim na minha carreira de apostador. Com exceção da escolha compulsória do Buriti, tinha perdido todas as outras corridas, o que fazia parecer impossível adivinhar qualquer resultado certo.

Então a gente se vê na festa do Rodrigo, Natália disse na hora de se despedir. E virou para mim: você também é amigo dele? O Joaquim me avisou da festa, respondi, sem saber o que me esperava, é meu amigo sim, pelo menos era, quando a gente era criança e ele ainda morava no Brasil... Pois é, eu conheci o Rodrigo na Austrália, fiz um intercâmbio lá e seu primo me deu o contato, ela contou já de saída, com pressa, porque o pai fazia um gesto impaciente, mostrando o relógio. Quando os dois foram embora, Joaquim confirmou que a festa era no sábado seguinte, mas que tinha marcado para a terça-feira uma ida ao Bar Lagoa. Vê se não vai furar, ele disse a caminho do estacionamento, já avisei ao Rodrigo que a gente vai. Mas, olha só, fiquei curioso com uma coisa, continuou meu primo, e a tal menina com quem você saiu? Não foi bem sair... pra você ter uma ideia, conheci a garota no congresso de letras da semana passada, praticamente durante a palestra, respondi, foi mais um encontro desses que acontecem por acaso, quando a gente menos espera.

7

Muitas vezes, a passagem do mundo das palavras escritas para o mundo não escrito chega a ser desconcertante. Um limite tênue separava a mesa com o texto, que me parecia uma espécie de refúgio, cujo ordenamento de linhas impressas eu podia percorrer, dos vários rostos diferentes que, um tanto desfocados logo acima daquele limite, formavam a hidra de muitas cabeças de que fala Nikolai Stiepanovitch, o professor do conto de Tchekhov que me ocorreu enquanto eu fazia a leitura da minha palestra.

Ainda adolescente, Gustav Traub foi levado por seu pai, um diplomata austríaco, para assistir à estreia da montagem de *A gaivota* em São Petersburgo, contei. Aquela primeira encenação da peça, em 1896, foi, como se sabe, um verdadeiro desastre, um dos fracassos mais retumbantes de que se tem notícia na história do teatro. As vaias foram tão violentas que a atriz principal perdeu a voz no meio do segundo ato, e depois da apresentação o autor chegou a declarar que nunca mais escreveria uma peça. Entretanto o diplomata austríaco, Johann Traub, um homem muito culto e um grande entusiasta do teatro moderno, fez questão de levar seu filho Gustav à nova montagem de *A gaivota*, em 1898, pelo Teatro de Arte de Moscou, de Stanislavski, na temporada que consagrou Tchekhov como um dos maiores dramaturgos da época. Aliás, para Gustav Traub, sem dúvida o maior, na verdade o maior escritor russo depois de Púchkin, acrescentei, erguendo os olhos das folhas de papel deitadas sobre a mesa e encarando os cinquenta ou sessenta olhos que me fitavam.

Essa experiência com *A gaivota*, registrada nas páginas do diário que Traub começaria a partir da virada do século, é mencionada como uma iniciação no mundo das artes, a referência principal de tudo o que ele procurou alcançar, na poesia e na prosa, ao longo de sua carreira. Ele manteve por mais de trinta anos o hábito de escrever o diário no qual fazia comentários políticos e artísticos, ou registrava impressões que serviriam, depois, de matéria-prima para a criação literária, ouvi minha voz dizer como se surgisse de repente uma distância entre o som contínuo da fala e o rumo intermitente do pensamento. À medida que o discurso articulado por minha boca ressoava pela sala, eu especulava sobre o rapaz magrinho com óculos de armação azulada, na terceira fileira, compenetrado no livro aberto em seu colo. A fala seguia, quase como se não fosse minha, encadeando frases sobre o diário de Traub. Comentei que a obsessão pelos jogos que aparece como tema do romance *A aposta* é um dos principais assuntos no período de constantes mudanças, de 1911 a 1913, enquanto ainda observava a reação do estudante de óculos, que por coincidência ou sob o efeito do meu olhar interrompeu a leitura e se voltou para mim. Tentava imaginar o que ele estaria lendo enquanto me ouvia falar sobre a vida de um escritor russo pouco conhecido, numa tarde de verão no Rio de Janeiro.

Gustav Traub nasceu em Moscou, em outubro de 1883, deixando por algumas semanas de ser um contemporâneo de Turguêniev, que morreu em setembro daquele mesmo ano na França, eu estava dizendo quando encarei por um momento o rosto lindo da morena de olhos puxados que tinha apresentado sua pesquisa antes de mim, naquela mesa sobre "literatura e exílio", e que agora devolvia meu olhar sorrindo da primeira fila. Segui adiante, mais animado: a observação autobiográfica consta da pequena nota incluída na introdução dos diários, na edição russa; e também consta dessa nota uma outra observação feita para ressaltar as principais referências literárias de Traub em seu país. Ele se formou na Universidade de Berlim, como Turguêniev meio século antes, mas em medicina, assim como Tchekhov, terminei de comentar.

Bem menos de trezentos olhos, pensei, e qual era mesmo o nome do conto? Tinha a sensação de estar perdido em meio às informações que eu encadeava, ao mesmo tempo reparando nas expressões atentas ou dispersivas nos rostos diante de mim e tentando me lembrar do título da história de Tchekhov. Tinha esquecido completamente, logo eu, que quase nunca perco um nome, pensei, enquanto continuava a falar sobre a vida de Traub, que abandonou a Rússia junto com o resto da família. Eles voltaram para a Áustria logo depois do fracasso da revolução de 1905, mas o escritor foi viver em Berlim, a fim de concluir os estudos de medicina, e depois em Munique, onde terminou seu primeiro romance, eu disse, agora observando com curiosidade genuína aquelas pessoas sentadas numa sala do Instituto de Letras, numa manhã de verão carioca, ouvindo minha palestra.

Na Rússia, enquanto era um estudante universitário, Traub tinha escrito alguns contos, publicados em revistas literárias, continuei a falar. Sua primeira antologia de narrativas curtas foi publicada em 1908, e seu primeiro romance, em 1913, ano de seu retorno a Moscou graças a uma anistia concedida pelo czar àqueles que tinham apoiado a tentativa de revolução. A repercussão dessas obras destacou o autor, entre os escritores da nova geração, como uma espécie de anti-Górki, mas essa oposição simplifica demais as coisas, comentei, mais à vontade diante do público, que já não me parecia tão ameaçador. A hidra sendo vencida, diria o professor inventado por Tchekhov em "Uma história enfadonha", pensei, quando finalmente o título me veio à cabeça. Essa oposição se firmaria nas críticas feitas por Traub ao realismo socialista e às utilizações ideológicas da arte, segui adiante, satisfeito com minha memória sempre confiável. Na época da Revolução Russa, contudo, a posição política dele foi bem parecida com a de Górki: ambos apoiaram o movimento revolucionário e se opuseram à tomada de poder pelos bolcheviques. Traub partiu para o segundo exílio em 1920, contrariado com a censura e as perseguições aos intelectuais; Górki seguiu o mesmo caminho dois anos depois. Só que o primeiro se tornou um escritor proibido, um crítico e um inimigo do regime stalinista, enquanto o segundo voltaria à Rússia a convite do próprio Stálin para ser considerado o grande escritor soviético e um modelo para a literatura socialista.

Traub pode ser filiado, assim, à linhagem dos autores russos ocidentalistas que sofreram uma influência decisiva da literatura alemã, comentei mais adiante, perto do final. Uma linhagem que começa com Jukóvski e passa por Púchkin, o grande clássico russo que no início do século dezenove escreveu sob forte influência do Romantismo nascido na Alemanha. Ressaltei o "sob", mas tive a impressão de que ouviram "sobre" e entenderam outra coisa, pensei, ao observar de novo os rostos pela sala em busca de algum olhar que denunciasse uma recordação, até me fixar numa senhora alta e magra sentada à minha esquerda, com o cabelo preso num coque volumoso. O capítulo derradeiro e mais funesto da relação entre russos e alemães foi a morte de Tchekhov na cidade alemã de Badenweiler, em 1904, segundo Traub em seu diário.

Citei um trecho, fiz meus comentários, e virando mais uma folha descobri, aliviado, a última página sobre a mesa, com apenas um parágrafo impresso. Como cidadão russo exilado e como teórico do socialismo, Traub discute em seu diário e nas cartas os rumos da revolução e as consequências das práticas políticas adotadas na União Soviética. A autonomia da arte, as novas formas literárias e a ideologia comunista são alguns dos temas pensados por ele nessa rica fonte de observações sobre notícias que chegavam ao exílio, eu disse. Desse modo podemos acompanhar em primeira mão, no diário desse autor singular, a história da cultura russa em torno da revolução de 1917, concluí enfim, aliviado, e em seguida, após encarar muito brevemente a plateia uma última vez, passei a arrumar meus papéis.

Onde você aprendeu russo?, ouvi uma voz que logo reconheci como sendo a da morena da primeira fila que tinha feito sua apresentação antes de mim. Fiquei meio sem graça na hora, surpreso diante do sorriso franco com que me deparei ao erguer os olhos, mas fui salvo do embaraço por meu amigo Juliano. Ele tinha levantado para me cumprimentar e, por sorte, conhecia a dona da voz e do rosto que pouco antes me deixaram embevecido, ao assistir à apresentação na qual a moça discorrera sobre Juan José Saer com uma serenidade invejável.

8

O urso polar vive sozinho no meio do nada, na imensidão branca do polo norte, e só encontra outros indivíduos da mesma espécie na época de reprodução; fora esse momento, é o bicho mais independente que existe, não precisa da ajuda de ninguém. Taís tinha ficado muito curiosa para saber por que havia um documentário da National Geographic sobre ursos em cima da mesa no meu quarto. Expliquei que me identificava muito com o comportamento deles ultimamente, desde que começara a passar os dias inteiros sozinho em casa, traduzindo, sem vontade de encontrar ninguém para me chatear. Sofro às vezes de síndrome do urso polar, diagnostiquei. Nem imagino como é essa vida de ermitão, minha casa vive cheia de gente porque divido o apartamento com uma amiga que é a pessoa mais social do mundo, ela disse. Depois puxou a ponta do lençol que estava me cobrindo e continuou: mas você parece mesmo um urso desses... Brincava com a palidez da minha pele, em contraste gritante com a dela, cujo tom forte sobre a roupa de cama branca eu classifiquei, depois de muito refletir, como sendo de cobre. Ela achou divertida minha classificação e me deixou admirar detidamente o seu corpo, rindo das cócegas que meu toque causou quando passei a ponta dos dedos na sua barriga.

Sabia muito bem como era bonita, mas não demonstrava nenhum sinal de afetação ou vaidade, mesmo de madrugada, ao me ouvir dizer que ela era igual à taitiana de um dos quadros do Gauguin. Quando acordamos, o livro que eu fizera questão de procurar na estante, num surto de entusiasmo, ainda estava no chão ao lado da cama, aberto na reprodução do quadro. Realmente, você é igual a essa moça da esquerda, carregando uma bandeja de flores... por acaso você é taitiana?, perguntei de novo. Ela riu: uma taitiana de cobre, uma estátua de cobre de uma taitiana ao lado de um urso polar.

Juliano tinha ido junto conosco, depois das palestras, para o Garota da Urca. No entanto, mal tínhamos chegado ao bar, ele saiu para dar um telefonema misterioso na rua e, depois de algum tempo na calçada à beira da praia, voltou com uma expressão preocupada. Passou dez minutos na mesa, em silêncio, ouvindo a nossa conversa, depois foi embora apressado, sem dar explicações. Só quando ficamos a sós eu respondi à primeira pergunta que a Taís me fizera, ainda na sala do instituto de Letras: minha mãe é filha de um russo, Dmítri Zaitsev, mais conhecido como Tito, que veio para o Brasil em 1936, na terceira leva de imigração russa, entre as duas guerras mundiais. Depois ele conheceu a dona Lurdes, minha avó, já na década de quarenta, quando trabalhava como garçom no Hotel Glória e ela tinha vindo passar as férias com a família no Rio. Conta o folclore familiar que ele foi para Minas atrás da moça e trabalhou anos a fio na fazenda do meu bisavô, até conquistar a confiança do velho e pedir em casamento sua filha única. Já ouvi essa história em algum lugar..., Taís tinha comentado. Eu sei, parece a história de Jacó.

Eles tiveram dois filhos, o Nikolai, tio Nico, e a Kátia, minha mãe, que depois foi estudar música em Belo Horizonte e acabou casando com um carioca. Seu avô russo ainda é vivo?, Taís parecia genuinamente interessada. Não, minha vó Lurdes herdou do pai a fazenda e um casarão antigo em Diamantina, onde ela mora até hoje, mas o meu avô Tito morreu há mais de dez anos... Tudo isso pra te responder: quando eu era criança e ia passar as férias em Minas, ficava fascinado com os livros que ele tinha, cheios de letras indecifráveis. Meu avô tinha sido professor de escola primária, então aproveitou a minha curiosidade para ensinar russo ao neto.

Taís veio me deixar em casa já bem tarde, e apesar do primeiro beijo antes de entrarmos no carro, fiquei surpreso quando meu convite para subir foi imediatamente aceito. Alguma coisa nela me deixou fascinado desde o primeiro momento. Seu sorriso irradiava um charme difícil de descrever, algo de desconcertante que já me pusera sem graça quando ela veio falar comigo no final da palestra. E esse efeito se mostrou ainda mais intenso horas depois, enquanto ela ria do meu jeito absorto, como o de um pintor que quisesse fazê-la de modelo, apreciando na cama as curvas suaves do seu corpo, ao mesmo tempo lânguido e caloroso, que me lembrou um quadro de Gauguin.

De manhã, ao se despedir na porta da minha casa, Taís me disse que precisava confessar uma coisa: na verdade, ela tinha uma namorada..., só estava contando isso porque tinha gostado muito de ficar comigo, mas nos últimos tempos andava sentindo muita falta de ficar com meninos. Só me restou perguntar se a experiência tinha dado certo. Muito certo, você sabe, mesmo assim foi só uma experiência, ela disse rindo, antes de me dar outro beijo demorado. Mas podia ser qualquer um, era simplesmente uma questão de estar no lugar certo?, perguntei quando ela afastou a cabeça. Ela riu: claro que não, seu bobo, você era o cara certo no lugar certo; se eu não tivesse te encontrado acho que nunca teria coragem de fazer isso.

Realmente tinha sido tudo muito fácil, ela era linda demais para estar assim disponível, pensei. Em todo caso, a revelação na última hora não me incomodou nem um pouco. Claro que adorei o que aconteceu naquela noite e agradeceria às divindades da sorte ter sido escolhido por aquela garota tirada de uma pintura. No entanto, por algum motivo ao qual não me preocupei em dar muita atenção, acho que entendi desde o início qual era o jogo e participei dele de acordo com as regras tacitamente estabelecidas. Dez ou quinze minutos depois que ela foi embora, estava me sentindo tão contente com o encontro que fui obrigado a sair de casa para dar uma caminhada pensando no que eu tinha para fazer na minha vida dali por diante. Por influência da noite passada em ótima companhia, só conseguia imaginar como tudo daria certo a partir de então. Em alguns minutos já tinha mentalmente entregado todos os meus trabalhos no prazo, estava dirigindo um carro novo, passara um mês descansando em Diamantina na casa da minha avó, sem nenhuma preocupação, e já percorria as ruas de Paris seguindo os passos do personagem de Traub, para em seguida continuar a viagem e finalmente conhecer Volgogrado, a cidade do meu avô, e passear de barco no mar Cáspio. Só depois de andar por mais de uma hora no Aterro do Flamengo com o pensamento longe, já fantasiando as curvas do rio Volga a partir da Baía de Guanabara, comecei a voltar para a realidade.

Levei anos aprimorando essa técnica de investigar, ou organizar, ou inventar o futuro enquanto observo uma paisagem e ando pela cidade a esmo, sem destino certo, pensei na volta, atravessando os jardins do Aterro. Já perto de casa, de repente me dei conta de que sabia exatamente quando tinha começado essa mania de imaginar o que está para acontecer. Lembrei de estar sentado no sofá do apartamento na Gávea, aos sete anos talvez, com minha irmã Fernanda ao meu lado, na sala de tevê, assistindo a um desenho animado do Jonny Quest. Foi naquela tarde, me pareceu então, que descobri esse processo de ficar desdobrando os acontecimentos e encontrando soluções e sequências que levam a uma determinada situação, para depois fantasiá-la em cada detalhe. Criança ainda, na sala da Gávea, eu tinha imaginado não só mulher e filhos, não só minha aparência (quando eu era pequeno sempre me imaginava adulto de barba, como o pai do Jonny Quest) e a casa em que iria morar, mas também como seria o muro de pedra no jardim da casa, ou qual seria o nome do gato que estava deitado no muro.

Ficou gravado em minha memória para sempre, desse primeiro surto imaginativo, um canto do gramado próximo ao muro de pedra com um morro coberto de mata por trás. Depois de algumas horas, toda a construção de cadeias de acontecimentos se desfaz, mas às vezes só algum detalhe fica registrado assim, como se fosse um lugar real que, com o tempo, passa a ser mesmo igual a uma lembrança.

9

Um gênio do xadrez não sabe fazer outra coisa que não seja jogar xadrez. Dentro do sistema definido pelas regras do jogo, ele pode ser brilhante como um artista, um virtuose da música, por exemplo. Pode ter uma capacidade de cálculo, previsão e combinação que, associada a um conhecimento de saídas e de sistemas de jogo, fica muito além das possibilidades da imensa maioria dos jogadores. Mas a inteligência para isso é específica, um talento delimitado, é impossível aplicar essa capacidade a outra atividade.

Meu primo tinha contado sobre partidas pela internet usando a variante Najdorf da defesa Siciliana. E o comentário de Rodrigo foi que, com as pretas, tendia a usar uma outra saída, chamada Tartakower, ao que Joaquim acrescentou um comentário igualmente hipertécnico, que eu já não consegui acompanhar; e assim, perdido em meio aos nomes russos de defesas, variantes e sistemas, nas considerações de meus interlocutores, só me restou improvisar um pequeno discurso sobre o gênio específico do xadrez. Na verdade, meu conhecimento a respeito do assunto era quase exclusivamente literário, baseado na leitura de um romance de Nabokov. Nunca conheci um grande mestre de xadrez para verificar se ele era ou não um excelente engenheiro, confessei.

Devíamos ter dezessete anos quando, por influência de meu cunhado André, que tinha começado a namorar a Fernanda pouco antes, o xadrez virou o foco da personalidade maníaca de Joaquim. Durante um período de alguns meses, meu primo começou a estudar livros de aberturas, de meio de jogo ou de finais. Já estou completando o Polgar, me lembro de ouvi-lo dizer um dia, referindo-se a um livro de quase mil páginas com exercícios de mate em um, dois ou três lances que encontrei em sua mesa de estudo, no quarto da casa dos seus pais. Sobre essa mesa havia, preso na parede, um grande diagrama de tabuleiro devidamente numerado, em que ele me mostrou uma partida inteira de seu ídolo enxadrístico, Niemzowitsch.

Isso foi antes do período em Londres, portanto antes de sua obsessão se voltar para as apostas. Por meses, Joaquim não falava de outro assunto e carregava sempre no bolso um pequeno estojo que, uma vez aberto, se tornava um tabuleiro metálico no qual arrumava rapidamente, sempre disposto a jogar, os ímãs redondos com adesivos representando as peças. O resultado foi que, em pouco tempo de dedicação, me tornei um adversário fraco demais, uma decepção para o que se poderia esperar de alguém com sobrenome russo, como ele dizia. No entanto, apesar da obstinação, durante todo aquele tempo meu primo tentou inutilmente ganhar do André, que por sua vez até hoje tenta ganhar do seu pai, frequentador do Clube de Xadrez Guanabara há mais de trinta anos. Não tem graça, é por isso que meu negócio são os jogos de azar, comentei depois de relembrar aquela fase que ficara por muito tempo perdida em algum canto escuro da memória. Não gosto de xadrez porque é o único jogo no qual não existe absolutamente nenhuma influência do acaso, disse a eles ainda, para então improvisar um elogio ao flerte com a sorte, a uma certa disputa com o destino que impera sobre as apostas.

Estávamos na varanda do bar, sentados numa das mesas laterais coladas na calçada, de onde se podia observar um trecho da Lagoa que refletia, em faixas compridas de cores diferentes, as luzes da série de postes e prédios da margem de lá. O garçom magrinho de cabelos brancos, como de costume, tinha ignorado solenemente todas as nossas tentativas de chamar sua atenção quando servira a mesa ao lado. Surpreso com o convite que lhe fiz para passar uma tarde no hipódromo, Rodrigo confessou seu total desinteresse por apostas nos cavalos: que coisa mais antiquada, pensei que ninguém mais fazia isso!, ele disse fazendo um sinal com a mão para outro garçom, que finalmente conseguiu manobrar por entre as mesas lotadas do Bar Lagoa e anotar nossos pedidos. Na sequência, Rodrigo lembrou a época remota em que era vizinho de prédio do Joaquim, em Laranjeiras, e nosso interesse por jogos se concentrava no futebol, levado a sério num campo improvisado entre pilastras, ou em videogames que consumiam horas e horas dos dias de infância. Ficavam aquelas garrafas de Grapete espalhadas no chão depois, em torno do Nintendo, no quarto do Joaquim, comentou Rodrigo, rindo.

Nenhum dos dois tinha concordado com minha opinião a respeito da especificidade do talento para o xadrez, ilustrada com um exemplo pinçado do romance *A defesa Lujin*. Joaquim mencionara uma partida na qual reproduziram um robô chamado O Turco para fazer as jogadas do computador contra um campeão mundial. Era um mecanismo construído no século dezoito pra impressionar as cortes europeias, como ele tinha explicado, um boneco vestido de turco, diante de uma mesa grande toda fechada embaixo, com umas portinholas laterais que, quando abertas, mostravam engrenagens como as de um relógio. Parou por um momento, para criar suspense diante da expressão de desconfiança do seu amigo: na verdade era tudo um truque, porque um jogador de verdade ficava escondido dentro da mesa e fazia as jogadas, mas o segredo durou várias décadas. Rodrigo comentou então sobre o programa que derrotou Kasparov no xadrez: é um rolo compressor, são milhares de possibilidades calculadas por segundo. Mas Joaquim achava que as derrotas do campeão mundial para a máquina não significavam tanto, porque os programas eram desenvolvidos a partir dos lances de jogadores do passado. Nesse caso, eu disse, basicamente, um de vocês acredita mesmo no robô, o outro acha que, por trás dele, é necessário um jogador escondido embaixo da mesa...

Rodrigo tinha chegado até a disputar alguns torneios quando estava na faculdade na Nova Zelândia, e atualmente, segundo contou, jogava xadrez exclusivamente pela internet, quase sempre partidas-relâmpago, com menos de três minutos para cada jogador. Joaquim comentou em resposta que, embora não jogasse nos últimos tempos, também apostava nos torneios da modalidade, pela internet: já fiz algumas tentativas, ano passado mesmo, quando o Topalov foi campeão na Bulgária... Seu amigo ficou surpreso com os seus hábitos excêntricos de apostador, então ouvimos algumas histórias relacionadas à casa William Hill, que Joaquim frequentava em Londres para jogar em qualquer modalidade esportiva.

Quase só o Rodrigo falou depois, enquanto comíamos, aproveitando uma brisa que vinha da lagoa e amenizava o calor de verão insistente mesmo à noite. Descreveu as maravilhas do mar da Tasmânia, a vida em Wellington, onde fizera os cursos de engenharia naval, e em Otago, a região da Ilha Sul para onde tinha se mudado a fim de trabalhar como projetista de veleiros. Em dois anos, a empresa que abriu com um sócio norueguês passou a projetar barcos destinados a plataformas de petróleo, o que no final das contas, para encurtar a história, acabou trazendo o amigo do Joaquim de volta ao Brasil. Ele já estava no país fazia um ano, mas passara os primeiros meses entre São Paulo e Natal, enquanto resolvia algumas complicações de seu contrato. No Nordeste, aproveitou a boa vida na casa da família de sua mãe; em São Paulo, foi obrigado a alugar um apartamento por se dar conta de quanto tempo levaria para regularizar a situação da sua empresa. O que foi uma sorte, segundo ele, porque tinha conhecido sua mulher justamente numa noite de autógrafos num bar paulista. Uma dessas coincidências incríveis, como descreveu: eu, que tinha acabado de voltar depois de sete anos no fim do mundo, fui encontrar uma carioca que ia a São Paulo pela primeira vez em dez anos... Na festa de sexta eu apresento a Ana pra vocês.

Se a minha primeira impressão, quando nos encontramos, era a de que Rodrigo estava bem diferente, quase irreconhecível, durante a conversa sua figura atual aos poucos se encaixou na antiga. Encontramos um homem alto, de ombros largos, queimado de sol como se podia esperar de um velejador, com uma barba cerrada meio ruiva. E com o tempo, enquanto conversávamos no Bar Lagoa, comecei a enxergar nele simplesmente uma versão modificada do menino magro de cabelo louro comprido com quem costumava encontrar toda vez que visitava meu primo em Laranjeiras.

10

Mesmo quando ela já estava a poucos passos, não a reconheci. Para mim, ainda era simplesmente a menina de vestido claro com decote nas costas e cabelo curto, uma desconhecida por quem eu tinha me interessado e que andava procurando nas últimas horas. Era desconcertante, então, que ela tivesse parado de dançar repentinamente e decidido vir até onde eu estava. Desconfiei da verdade em algum momento, enquanto ela andava na minha direção, mas a princípio o que ocorreu foi menos o reconhecimento concreto do que um sentimento um tanto vago de que alguma coisa se encaixava. Afinal, só um sorriso, já no último passo antes de nos falarmos, iluminou subitamente a minha memória e me tirou daquele estado de contemplação. E a surpresa me deixou feito tonto, sem palavras.

Tinha reparado nela muito antes do encontro, na volta da bancada que servia como bar no terraço do apartamento de cobertura, onde quatro especialistas em preparar caipirinhas de todos os tipos de frutas trabalhavam incessantemente. Um fluxo de gente com copos coloridos e taças espumantes saía dali e se espalhava pelo terraço comprido, dezenas de pessoas ocupando as cadeiras em torno de duas mesas, ou as espreguiçadeiras mais adiante, ou permanecendo de pé, encostadas no parapeito de vidro, diante da paisagem de cartão postal. Reconheci, entre os rostos pouco familiares, a amiga da filha do Braga, Mariana, ainda mais linda do que no outro dia, com seu cabelo liso impecavelmente escovado e um vestido preto curto, de alcinhas, que deixava à mostra sua pele dourada de efeito hipnótico para os quatro ou cinco jovens a gravitar em torno dela. Nenhum sinal do namorado que conhecemos no Jóquei, reparei, mas não fiz questão de falar com ela.

Na volta do terraço, com um copo de uísque na mão, parei para observar a pista em que se dançava ao som de "Superstition", tentando verificar se Joaquim e Marta continuavam por lá ou já tinham voltado para a sala. Procurava por uma camisa vermelha ou um vestido verde, no meio do agrupamento caótico de pessoas em movimento oscilante e compassado. Como não consegui localizar nenhum dos dois, me aproximei mais um pouco por uma das laterais, e foi neste momento que chamou a minha atenção a menina de vestido claro, lilás talvez, ou azul, a poucos passos de distância, dançando em meio a um grupo animado num dos cantos da pista. O decote na parte de trás do vestido deixava à mostra o desenho esguio e sinuoso das costas. Fiquei torcendo para ela se voltar na minha direção, de modo que eu pudesse verificar se a promessa de beleza intuída à primeira vista se cumpriria. Contudo, meu desejo não foi realizado, ela não se virou durante os poucos instantes em que permaneci parado, encenando devagar um gole de bebida.

Logo depois me deparei com Rodrigo, nosso anfitrião, que passava em direção ao bar. Fala, já vi o Joaquim e a Marta ali na outra sala procurando por você, ele disse, você conhece o Ulisses?, esse aqui é o Murilo... Mal tive tempo de cumprimentar o tal Ulisses, porque meus dois interlocutores foram cercados por uma enxurrada de convidados recém-chegados, alegres por reencontrar o dono da festa. Aproveitei para escapar, por isso perdi de vista a menina de cabelo curto. Fui encontrar meu primo e a mulher dele, na outra sala, conversando com a filha do Braga, que usava uma roupa mais comportada que a da sua amiga. Não era bonita como a Mariana, mas desta vez minha impressão foi de que seu jeito recatado lhe dava um certo charme que faltava à outra, um ar de quem está vendo as coisas pela primeira vez. Esse é o Murilo, primo do Joaquim, essa é a Natália, minha prima, apresentou Marta. Já conheço a melhor apostadora do Jóquei, respondi, e a garota sorriu. Diante da expressão de surpresa que minha frase provocou em sua mulher, Joaquim explicou que tínhamos almoçado juntos no domingo, com o Braga, no restaurante do Jóquei. Depois Marta me apresentou a outros parentes seus, que ocupavam um conjunto de sofás e poltronas perto da entrada do apartamento. Por algum motivo que não registrei, eram amigos da família do Rodrigo também: Marcelo, Giovana, Sandrinha, Luana, Dudu, Verônica-e-Nuno... — uma série de rostos semiconhecidos exalando um grau conveniente de simpatia. Cumprimentei a todos como se nunca os tivesse encontrado, embora o ritual fosse uma repetição exata do que ocorrera na festa de casamento de meu primo, anos antes.

Como não conhecia muita gente, estava satisfeito por me manter nessa proximidade conveniente e superficial, que me permitia continuar bebendo, com um ar de quem estava interessado na conversa. Na verdade, observava de modo dispersivo o movimento da sala: as dezenas de pessoas que passavam animadas, os rostos novos ou vagamente familiares, os grupos provisórios que se formavam e se desfaziam. Natália disse que ia procurar os amigos no terraço e Marta resolveu segui-la para pegar outra taça de champanhe, então eu e Joaquim fomos atrás delas. O salão que dava acesso ao bar estava ainda mais cheio, mal se podia atravessá-lo, e o rumor intermitente de dezenas de conversas alheias se somava à batida da música eletrônica. Impressionante como alguém passa todo esse tempo fora do país e, na volta, ainda tem tantos amigos, comentei com o Joaquim, praticamente gritando no ouvido dele. Se fosse eu, não ia conhecer mais ninguém quando voltasse.

De passagem, no meio daquele tumulto, voltei a ver a menina de cabelo curto e vestido claro, que estava conversando com alguns convidados num canto do salão. De novo, a figura esguia com as costas delicadas à mostra prendeu a minha atenção de imediato. Puxei meu primo e, contornando a pista, adotamos uma posição estratégica, ao lado de uma porta que ligava a sala ao terraço. Que foi?, Joaquim perguntou, e respondi com um gesto para que ele esperasse: a garota é mais bonita do que eu tinha imaginado... é que eu só tinha visto de costas e fiquei curioso. Qual?, quis saber o Joaquim. Aquela ali, conversando com o cara de camisa azul listrada, não posso apontar; a de cabelo curto, agora ela foi pra pista, expliquei aos gritos no ouvido dele. Fiquei esperando a expressão de assentimento surgir em seu rosto quando identificasse de quem eu estava falando, mas ele me olhou com um ar interrogativo e deu de ombros: cabelo curto, não vi; bonita é aquela ali, a amiga da filha do Braga, só que é muito novinha pra você, apontou discretamente a Mariana, que tinha acabado de passar por nós em direção ao terraço. Você não viu a outra, depois eu te mostro porque ela sumiu ali na pista, expliquei enquanto a mulher dele se aproximava com uma taça de champanhe na mão para nos contar que Rodrigo iria projetar, num dos quartos, fotos da regata de volta ao mundo que ele tinha feito anos atrás.

Apesar de meus esforços, não vi mais a menina de cabelo curto durante um bom tempo. Fui dançar ao lado de Natália e Mariana, com a esperança de um encontro no meio da confusão. Nada, ela não estava por perto, cheguei a temer que tivesse ido embora. Já tinha se instalado em minha imaginação uma espécie de ideia fixa, cuja motivação me parecia ao mesmo tempo indecifrável e totalmente justificada. Uma hora antes me sentiria feliz da vida na companhia das duas lindas adolescentes que evoluíam com desenvoltura na pista de dança, e naquele momento só conseguia me preocupar com a ausência da desconhecida vista de relance.

Minutos depois, ao voltar do bar com o terceiro copo de uísque daquela noite, resolvi dar uma volta pelo apartamento. Passei pela cozinha lotada de gente em meio a uma nuvem de fumaça, em seguida percorri um longo corredor no qual se formavam filas perto de duas portas fechadas. A terceira porta, aberta, dava para os vultos aglomerados no quarto em que Rodrigo continuava a mostrar fotos de ilhas paradisíacas e mares agitados. Comecei a me sentir desolado, com um tipo exagerado de desconsolo que me fez perceber o quanto estava bêbado, então fui sentar sozinho numa poltrona da sala. Mal tinha sentado ali, me deparei com a menina de vestido claro, que dessa vez se encontrava de frente para mim, numa reta, quase parada no meio da pista, apenas movendo os ombros de leve no ritmo da música. De uma hora para outra, a festa voltou a ter graça.

Para minha surpresa, quando uma das amigas saiu da frente e pude observar o seu rosto, ela parecia também estar olhando diretamente na minha direção. Continuei sentado, sem desviar os olhos nem por um momento, no entanto suspeitei que ela pudesse estar à procura de alguém atrás da minha poltrona. Verifiquei discretamente que não havia ninguém atrás de mim, enquanto isso ela parou de dançar, disse alguma coisa no ouvido de uma das amigas que se encontravam ao seu lado e veio ao meu encontro, deixando ao fundo a festa desfocada, como num truque de câmera. Pus o copo numa mesinha, ainda tentando ser discreto, e só me levantei quando não restava a menor dúvida de que se dirigia a mim. Até então ela continuava a ser uma desconhecida que, por algum motivo, tinha se tornado a única pessoa que importava ali. E desse modo, durante os segundos da aproximação inesperada, só pude especular por que ela tinha decidido de maneira tão resoluta falar justamente comigo, ao mesmo tempo em que percebi algo de familiar no seu rosto, alguma coisa que se encaixava. E então, na iminência do encontro, um sorriso acanhado foi o suficiente, e aquele rosto que eu estava observando fascinado, que tinha procurado enxergar entre centenas de outros durante as últimas horas, se encaixou com precisão em minha lembrança.

Desconcertado por uma súbita transformação da desconhecida de vestido claro numa pessoa tão familiar, operada pela minha memória no último instante, ainda fiquei alguns segundos em silêncio antes que as palavras saíssem da minha boca quase involuntariamente: oi, Bia, não tinha reconhecido você de cabelo curto. Oi, Murilo, ela disse e me cumprimentou com dois beijos no rosto. Nada de comentar quanto tempo fazia que a gente não se encontrava, nenhuma pergunta, só um cumprimento, como se o encontro fosse algo planejado ou previsível e não a surpresa vertiginosa que me parecia naquele momento, pensei. Vamos pegar uma bebida ali no bar?, perguntei então, para ganhar tempo e escapar da música alta.

O reconhecimento não quebrou o encanto. Pelo contrário. Só pude notar com maior admiração uma beleza que já conhecia, mas que agora se mostrava com segurança. Não era um caso de perfeição, pensei observando discretamente seus olhos verdes, ligeiramente grandes para o rosto delicado, a pele clara com sardas quase imperceptíveis e um certo desequilíbrio nos traços que, juntos, resultavam naquela beleza misteriosa das coisas imperfeitas. Planos, estratégias, assuntos passavam pela minha cabeça, céleres, durante o percurso até o bar. Pois é, eu uso o cabelo assim faz só uns seis meses, ela comentou sorridente, caminhando ao meu lado. Depois de pegar duas taças de vinho, fomos até um dos cantos do terraço, e aos poucos o choque da surpresa inicial começou a ser substituído pela certeza de que aquela situação fazia todo sentido, eu tinha ido àquela festa só para me encontrar com a Bia. Apoiada de lado no parapeito, ela contou que nunca tinha deixado de morar no Rio e trabalhava num escritório de design. E você? O que tem feito por todos esses anos, ela perguntou, enquanto eu observava a paisagem por trás, uma faixa branca de praia iluminada diante do mar noturno, em curva suave até o forte de Copacabana.

Contei sobre a escolha do curso de Russo-Português, que ela achou muito natural, e falei do mestrado sobre Traub, depois resumi brevemente, a seu pedido, o enredo do romance que começara a traduzir. E a sua irmã?, perguntei, nunca mais encontrei... Ela respondeu que não era por acaso, já que a irmã tinha casado com um argentino e morava em Buenos Aires fazia muito tempo. E a Fernanda?, ela quis saber. Minha irmã casou com o André, um arquiteto, pena que não puderam vir... Eles têm uma filha de quatro anos e não tiveram com quem deixar.

Foi num relance que reparei na aliança em sua mão esquerda, apoiada na amurada do terraço, e nesse exato momento, por coincidência, chegou Rodrigo. Vocês já se conheciam?, ele perguntou, com ar satisfeito. Bia disse que sim, claro, há muitos anos, que eu era um amigo da época da escola. Caramba, Murilo, e eu naquele dia do Bar Lagoa prometendo que ia apresentar a Ana pra vocês, então o Joaquim também deve ser um amigo dessa época..., ele emendou. Ana?, balbuciei meio sem jeito, tentando disfarçar minha perplexidade. A explicação dela foi dirigida ao marido: todo mundo me chamava de Bia antigamente, o Murilo nem deve lembrar que meu nome é Ana Beatriz.

11

Ao abrir os olhos, demorei um tempo que me pareceu muito longo para entender onde estava. Os contornos mal definidos das paredes e dos móveis, a princípio, não se encaixaram nas minhas lembranças dos quartos em que a imaginação me situava. Só aos poucos a realidade se impôs como uma situação pouco usual que, de repente, negava as diversas possibilidades de construção do mundo em volta. Ainda aproveitaria essa divagação por algum tempo, mas o som estridente do toque do telefone, num susto, terminou de me despertar. Senhor Murilo, disse uma voz de mulher, bom dia, são seis horas. Olhei para o relógio e notei que de fato tinham se passado apenas uns poucos minutos desde que o despertador do meu celular tocara, adiantado como sempre. Me ocorreu que o quarto do hotel — com as duas camas de solteiro, a televisão presa por um suporte na parede e a feia pintura abstrata próxima à porta — poderia ser em qualquer cidade do mundo. No entanto, ao abrir a cortina, eu já estava suficientemente acordado para saber que veria um trecho da avenida à beira da praia no bairro de Ondina, em Salvador.

Como tinha acontecido durante os três dias anteriores, chovia forte, o que dava um tom cinzento ao mar agitado diante da praia na qual as pedras e o sargaço cobriam boa parte da areia. Pelo menos eu não lamentaria o azar de ver o tempo abrir logo no dia de ir embora da cidade, pensei, enquanto me dirigia até o banheiro para lavar o rosto. Uma figura de cabelos desgrenhados e barba por fazer me encarou, com olheiras profundas, e começou os gestos mecânicos de escovar os dentes. Alguns minutos depois, eu voltaria a me deparar com esse mesmo rosto pálido no espelho do elevador, agora já devidamente barbeado e com dois pequenos arranhões no queixo produzidos por uma lâmina usada. Quando entrei no salão para tomar o café da manhã, as mesas postas em meio à claridade, ocupadas ainda por poucos hóspedes, me remeteram a um salão semelhante de hotel em que eu tinha entrado, um ano antes, durante um congresso também semelhante. Mas daquela vez eu estava acompanhado pela Cláudia e pelo Juliano. Agora estava sozinho, a minha namorada, ou ex-namorada, estava viajando fazia meses, e meu amigo da faculdade tinha ficado em outro hotel por causa de uma garota chilena chamada Paulina, pensei melancolicamente. Ao me servir de pães de tipos diferentes, fatias de queijos variados, presunto e melão, ovo mexido, um pote de cereal, pacotinhos de geleia, bolas de manteiga e um café ralo que adivinhava ser intragável, relembrei trechos da palestra do Juliano sobre o ceticismo e a ficção de Borges, à luz de teorias probabilísticas. Preciso contar ao Joaquim sobre essa mistura de literatura e matemática, lembrei depois de sentar perto de uma janela pela qual se via o mar coberto de nuvens.

Meio embriagado pelo sono durante a arrumação da mala, ainda repassava os argumentos da palestra do Juliano a respeito da impossibilidade de provar uma conexão entre eventos que ocorrem sucessivamente (mesmo entre o movimento da bola branca e o movimento da bola preta na mesa de sinuca, ele tinha dito), e da possibilidade de, apesar disso, calcular os efeitos de um evento sobre o outro. A passagem da matemática para a física era só uma pressuposição, alguma coisa assim, eu não tinha entendido muito bem a afirmação dele, por isso as palavras insistiam sem fazer um sentido preciso, como uma expressão vaga da imprevisibilidade e da falta de nexo. Distraído, sem prestar muita atenção na conversa do motorista durante o caminho de táxi para o antigo Aeroporto Dois de Julho, atual Luiz Eduardo Magalhães, pensei na Taís de repente. Foi uma lembrança súbita e perfeitamente nítida do momento em que acordamos juntos, um close dela sorrindo, que ficou na minha cabeça como a imagem de uma clara alegria até eu ter embarcado no avião. Mas, enquanto observava sonolento a cidade diminuir e desaparecer em meio à neblina, percebi que a imagem tinha mudado, que eu tinha substituído o rosto da Taís pelo da Bia. Então fechei os olhos com força, para escapar dessa armadilha da memória, e voltei a passar de uma ideia a outra: sucessões de eventos, a frente fria justamente naquela semana, a mudança que me desagradava no nome do aeroporto baiano embora eu não soubesse o que se comemorava em dois de julho, a bola branca e as bolas coloridas sobre a mesa de sinuca.

O Rio de Janeiro me recebeu com um daqueles dias de mormaço em que a paisagem parece meio embaçada. Visto do alto, em meio à nebulosidade, o Pão de Açúcar dava a impressão de ser um morrinho mal desenhado, no esboço de paisagem em que a ponte Rio-Niterói não passava de um rabisco sobre o tom aquarelado da Baía de Guanabara. Nos corredores do aeroporto, havia uma multidão furiosa de passageiros atrasados, alguns dos quais davam entrevistas para repórteres de tevê sobre as horas de desconforto enfrentadas nas filas de embarque ou diante dos balcões das companhias aéreas. Aparentemente, meu avião era o único, nos primeiros dias tumultuados de uma crise da aviação brasileira, que chegava sem nenhum atraso ao destino. Por acaso, enxerguei de longe um vizinho dos tempos da Gávea numa das filas, já próximo do guichê. Embora estivesse separado de mim por poucos metros, ele não me viu quando fiz um aceno. Ainda chamei seu nome, Álvaro, num volume que parecia suficiente para vencer o ruído do saguão, mas o resultado foi o mesmo, o que me deu a sensação de ser um mero observador invisível aos olhos de todos, como algum tipo de fantasma que, num desses filmes de terror em voga, de repente se dá conta de não estar mais entre os vivos.

Fiquei por um momento imóvel, com a mala na mão, até ser interrompido em minhas divagações fantasmagóricas pelo toque do celular: senhor Murilo... Dessa vez era a moça da empresa de táxi avisando que o carro pedido estava para chegar, mas que eu deveria esperar no setor verde. O calor abafado me deu as boas vindas ao verão carioca no intervalo entre o saguão e o carro com ar condicionado, do qual pude contemplar em seguida os efeitos daquele dia mormacento. Três meninas de biquíni tomavam sol deitadas numa canga estendida no asfalto, na entrada do Complexo da Maré. Ao lado de alguns barracos miseráveis no fundo da Baía, uma carcaça de carro meio afundada me pareceu um epítome de todo o lixo espalhado em torno. Mas em seguida descortinava-se diante de mim a paisagem marinha, como um quadro de Pancetti, pontuada por aves planando calmamente, dezenas de tesourões quase parados no ar e uma ou outra garça, muito branca, em sobrevoo acima dos barcos na água verde-azulada, com os morros cobertos de mata ao fundo.

Até aquele momento do dia, eu tinha trocado uma ou outra palavra com pouquíssimas pessoas, nada além de cumprimentos e fórmulas prontas para me comunicar. Olhava para o dia de verão fora do carro, no isolamento climático produzido pelo aparelho de ar-condicionado, e minha impressão era de ser, agora, não um fantasma, mas uma pessoa inventada por alguém numa história apenas esboçada. Era o personagem chegando de volta ao Rio sem que o autor tivesse resolvido o que fazer com ele, nem definido como seriam seus diálogos com outros personagens, nem entendido como se desdobraria afinal a história. Graças a essa impressão de irrealidade que me davam os eventos da minha viagem de volta, julguei que cabia apenas ao autor (vagamente imaginado com o aspecto de Gustav Traub, de bigode e terno escuro, sentado em sua mesa de trabalho, como na foto de 1911 publicada na edição francesa de seu romance) dar algum sentido à cena um tanto inusitada que avistei, de um cavalo solto no terreno próximo ao cais ocupado por imensos guindastes e pesadas pilhas de contêineres com nomes em várias línguas. A noite passada com a Taís, a vitória inesperada numa aposta, meu encontro com a Bia na casa do Rodrigo, a visita do cobrador, todas as recordações se embaralhavam, vagas, em minha memória dispersa. Por pura incompetência do escritor, pensei, os eventos se sucedem sem qualquer conexão.

12

Kolotov no fundo estava curioso para saber por que seu conterrâneo não participava mais do jogo. Mas o próprio Iáchvin, cuja vitória na semana anterior havia despertado a atenção dos demais apostadores na casa de Fouquet, é quem faz o contato inicial. Após alguns dias de ausência, durante os quais os rumores eram de que nunca mais aquele apostador temerário seria visto ali, finalmente reaparece o estranho homem, com seus grandes olhos pretos e seu rosto excessivamente fino, como os das imagens nos ícones religiosos. Todos os presentes notam sua entrada no salão. Alguns fazem questão de cumprimentá-lo com entusiasmo, e Fouquet, muito solícito, o recebe com um desvelo no qual se nota um bem disfarçado contentamento. Apesar da sobriedade e da discrição que o caracterizavam e que lhe deram sua ótima reputação naquele ofício, o sorriso do anfitrião traía a expectativa de que o jogador, como muitos outros antes dele, viesse a gastar ali tudo o que lucrara num golpe de sorte.

De fato, com seu jeito intranquilo, Iáchvin pode ter dado inicialmente a impressão de que estava apressado para tomar seu lugar na mesa de jogo. Todavia, ele permanece durante toda aquela tarde apenas como observador, percorrendo as salas ou conversando com Fouquet enquanto tomam chá de tília, instalados à vontade nos divãs amplos de veludo bordô que se encontram no canto do salão principal. Em dado momento, Iáchvin posta-se próximo da mesa de faraó para observar o jogo, e ali sem mantém por bastante tempo a cofiar o bigode fino, contudo não faz menção de sentar-se. Quando Kolotov se levanta da mesa, decepcionado por aquela tarde lamentável em que a sorte não o favorecera, depara-se com o outro ali, de pé, atento aos movimentos dos jogadores. Pouco depois, já prestes a sair do apartamento, ele percebe que Iáchvin o seguira.

Na breve conversa que se segue, ainda no vestíbulo do apartamento, Iáchvin se apresenta como um financista originário de São Petersburgo, mas que vivia em Bruxelas e estava em Paris a negócios naquele inverno. Ao confirmar que ele também estava de saída, embora normalmente fosse muito discreto e evitasse especialmente a intimidade com cidadãos russos, Kolotov o convida para um café a duas quadras dali. Dois fatores contribuem para que o médico deixe de lado sua precaução: em primeiro lugar, a nostalgia que o acometera nas últimas semanas, da qual provinha a necessidade de ouvir alguma notícia de São Petersburgo; em segundo lugar, a curiosidade de conversar mais com Iáchvin sobre sua vitória no jogo de faraó. Sob uma neve fina que se espalha suspensa no ar e deixa as calçadas respingadas de branco, dirigem-se juntos ao café na Rue Mouffetard que Kolotov costumava frequentar após as tardes de jogo. A princípio eles mantêm uma conversa trivial, tateando sem entrar em detalhes, enquanto tomam café turco e conhaque. Todavia, como Iáchvin fala bastante e menciona muitos nomes de cidadãos russos, logo identificam um conhecido em comum, Mikhail Sítnikov, um engenheiro que havia morado em Paris até o ano anterior e se tratara na clínica Sainte Anne. Quando fica sabendo que seu antigo paciente era um apostador, Kolotov nega, surpreso, que o tivesse visto no apartamento de Fouquet. Ora, não só ele era um frequentador assíduo dos salões de jogos e dos cassinos de São Petersburgo, segundo o relato de Iáchvin, como também era um típico apostador russo, ou seja, um grande administrador de dívidas de jogo. O gracejo provoca em Kolotov um sentimento ambíguo.

É a conversa sobre Sítnikov que leva Iáchvin a revelar qual era o sistema de jogo que adotava. Com o olhar penetrante, falando depressa e torcendo os dedos finos como se manipulasse as palavras que saíam de sua boca, ele passa a esclarecer as dúvidas de seu interlocutor a respeito da melhor maneira de aplicar esse sistema. O mais importante era perseverar na mesma aposta e não deixar de dobrar as fichas, mesmo que a carta escolhida demorasse a sair. Nunca mudar de escolha até ganhar, evidentemente, era a regra número um da cartilha. Além disso, era preciso interromper a série sempre que houvesse um acerto. Se a carta escolhida saísse na segunda ou terceira rodada de apostas, o jogador recolheria os lucros e iniciaria uma nova série, com outra carta, começando com a aposta mínima. Caso fosse aplicado com rigor, o método era uma garantia de que o prazer do jogo resultasse, a longo prazo, numa atividade lucrativa para o apostador, segundo Iáchvin. Entretanto, havia outra regra fundamental, que fazia dele uma exceção entre os jogadores, especialmente entre os russos. Quando obtinha uma vitória significativa, parava de jogar naquele salão. Isso porque a prática mais comum era, logo após uma aposta lucrativa, exagerar nas semanas seguintes e desperdiçar todos os ganhos.

Como resultado daquele encontro, após ter adotado o sistema de apostas que lhe fora ensinado, Kolotov obtém nos dias seguintes duas vitórias expressivas, que compensam em apenas uma semana os prejuízos de todo o mês anterior. A primeira série, numa tarde pouco movimentada do salão de jogos, tem início quando ele deposita apenas uma ficha amarela sobre o oito de espadas. Depois de três rodadas, o jovem inglês de cavanhaque louro, Harriot, vira à sua esquerda a carta esperada, de ouros. Olhando em torno da mesa ao recolher o lucro, Kolotov enxerga Iáchvin num canto, perto da última janela do salão, conversando reservadamente com um senhor de aparência eslava que, vestindo um sobretudo surrado, observa a mesa de faraó com ar compenetrado. O homem atarracado, imóvel, contrasta com a figura esguia movendo as mãos enquanto fala. A segunda série começa novamente com uma ficha amarela, que Kolotov depositara entre o ás e o rei de espadas. Contudo, naquela tarde, nenhuma das figuras escolhidas se digna aparecer. Após cinco rodadas, quando a banca recolhe os dezesseis francos que ele havia apostado, o médico decide interromper o jogo. Sai perdendo, mas está seguro de que será recompensado, e dessa vez com um lucro bem maior. Quando se retira da mesa, Iáchvin e o companheiro mal-encarado já não se encontram no canto do salão.

Na tarde seguinte, Kolotov mantém-se fiel ao sistema de jogo que adotara: em sua primeira rodada na mesa de faraó, aposta trinta e dois francos entre o rei e o ás de espadas. A mesa está cheia desta vez, as rodadas se sucedem. Como as cartas esperadas não aparecem, Kolotov precisa comprar mais fichas, a fim de dobrar sua aposta. Enquanto espera, ele reconhece o mesmo senhor atarracado que vira no dia anterior, só que ele está sozinho desta vez, fumando uma cigarrilha, sentado numa poltrona *bergère* de encosto alto próxima da mesa de faraó. Alguma coisa naquele homem o incomoda.

Quando o desconhecido faz um gesto lento com a mão, como se estivesse acenando, Kolotov julga que o cumprimento se dirige a outra pessoa, mas não tem certeza. Logo em seguida as fichas chegam, e sua atenção volta a se concentrar no jogo. Ele sabe que não poderá perseverar por muitas rodadas naquela série, caso as cartas escolhidas não saiam. Por isso, ao organizar os duzentos e cinquenta e seis francos em fichas para depositá-las entre o rei e o ás de espadas, hesita por um momento. A quantidade de fichas separada pelo médico desperta comentários sussurrados entre alguns dos outros jogadores. Quando a aposta é feita, há um instante de silêncio. Enquanto aguarda, tenso, o jovem de cavanhaque louro virar as cartas, Kolotov percebe como é difícil ocupar a posição que fora a de Iáchvin na semana anterior. Contudo, quando o ás de copas é virado à esquerda, isso lhe parece natural, como que uma repetição da vitória do outro, que ele encenava segundo o método correto.

Ao longo de quatro meses, desde que começara a frequentar o apartamento de Fouquet, nunca havia ganhado uma aposta tão alta. Kolotov avisa à banca que prefere receber imediatamente e abandona a mesa de jogo. Sua intenção inicial é a de repetir o procedimento de seu conselheiro, portanto aquela seria sua última aposta na casa de Fouquet. Entretanto, no momento em que recebe o dinheiro ele não pode deixar de pensar que, se tivesse feito como Iáchvin, optando por uma carta só em vez de uma dupla, estaria recebendo muito mais. Sua imitação do gesto de Iáchvin ainda era acanhada. Além disso, agora que ele dispunha do lucro de sua aposta anterior, não deveria desistir. São essas ideias que, após duas noites mal dormidas, acabarão por conduzi-lo novamente à mesa de jogo.

13

Ele odeia filmes que terminam assim, em aberto, disse minha irmã, sentada ao lado do marido no sofá de couro branco. Ficou reclamando do final, porque queria saber se a Juliette Binoche ia ou não encontrar o italiano, mas eu gostei, além do mais, pra mim é claro que ela vai encontrar. André interrompeu: parece um truque pro diretor fazer uma continuação. Alguma coisa no futuro do pretérito, lembrei, antes de comentar que na verdade o filme era a adaptação de um livro que de fato tinha continuação. O problema é que ele só gosta de filme americano, desses com muito tiro e explosão, Fernanda disse, com uma careta. André fez questão de contestar, olhando para a mulher com um ar de exagerada surpresa: o outro que o Murilo emprestou é americano e eu dormi no meio... Insistindo na provocação, ela explicou que estava falando de filme americano desses *blockbusters*, e comentou que, aliás, o outro também tinha um final em aberto: você adora esses filmes estranhos, não é, Murilo?

Respondi que era por isso que não ia ao cinema com eles: primeiro, vocês nunca gostam dos mesmos filmes, então com certeza pelo menos um vai sair da sessão reclamando, e a Nanda adora polemizar. Que é isso!, respondeu minha irmã, com a sua típica expressão de quando estava indignada; eu gostei do filme que você emprestou, quem discute com você é ele. Entretanto, seu marido concordou comigo que ela adorava uma polêmica e expôs a sua teoria de que o gosto cinematográfico era um perigo para as amizades. Segundo ele, era preciso classificar as pessoas em dois tipos, conforme suas reações depois de ver um filme: polemistas e diplomatas. E eu fui casar logo com uma polemista..., tentou continuar, só que Fernanda cortou a frase, fazendo um gesto como se fosse enforcar meu cunhado: que mentiroso!, você é um diplomata fingido que na verdade adora uma discussãozinha na saída do cinema.

Foi a interrupção da Teresa chamando para o almoço que nos fez mudar de assunto. A caminho da mesa, andando atrás de mim e me segurando pelos ombros como se me empurrasse, minha irmã comentou que o papai estava bem melhor agora. Nem sabia que ele andava doente, respondi meio sem graça, ninguém me avisa nada, era o quê? Depois de me criticar por ser muito desligado do mundo, ela disse que não era nada de mais, colesterol alto, essas coisas de pressão, mas que agora a Sandra o faria andar na linha e obedecer a dieta prescrita pelo médico. Casa de ferreiro, espeto de pau, comentei; ele casou com uma médica e faz questão de contrariar tudo o que ela diz. Fernanda fez que sim com a cabeça: até a mamãe ligou lá de Diamantina ontem pra saber dele... aliás, mandou um beijo e me pediu pra perguntar se você não vai fazer uma visita nesse verão. Ela já me ligou umas dez vezes pra perguntar isso, respondi, mas tenho que trabalhar na tradução... Pena, ela fez propaganda do pomar da vovó, com aquele pêssego bom pra fazer doce e a ameixa amarela, que é como o pessoal de lá chama as nêsperas, Fernanda emendou.

Depois que nos servimos para almoçar, contei a eles meu surpreendente encontro com a Bia e depois a descoberta, ainda mais surpreendente, de que ela era justamente a mulher do Rodrigo. Eu sabia que o nome dela é Ana Beatriz, só que nunca poderia ter imaginado essa situação!, tentei parecer indiferente ao falar. Mesmo assim minha irmã notou de imediato o que eu estava me esforçando para esconder. Não vai ficar apaixonado por ela, disse, séria. Permaneci em silêncio por alguns segundos, atordoado por aquele comentário, antes de responder que de jeito nenhum, claro que não... só comentei que é uma coincidência. Alguma coisa na expressão do meu rosto a fez concluir que a situação era gravíssima: ainda bem que eles moram em São Paulo! Nada disso, comentei, eles vão se mudar para cá em uma semana, o apartamento da festa é a casa nova, mas juro que não tem nada de tão grave. Ao que ela respondeu com um suspiro.

Foi minha irmã quem explicou em seguida ao André qual era a história por trás do reencontro: que eu tinha sido a paixão adolescente da Bia na época do colégio, mas não ligava muito para aquela garota mais nova. Agora a encontrava adulta e linda, claro que ia me apaixonar, segundo a lógica da Fernanda. Bem feito até, ela disse, porque a menina sofreu muito por sua causa. André fez um gesto de assentimento e declarou que de fato era um enredo clássico. Então minha irmã perguntou se eu me lembrava de uma tarde na praia em que tinha ficado o tempo todo sentado ao lado de uma outra garota, falando sem parar, e a pobre da Bia tinha chegado a chorar. Como é que eu iria me lembrar disso se não sabia de nada?, perguntei, afinal só tinha descoberto essa história quando recebi a carta, no fim do ano, perto da época da festa de formatura. Pelo que minha irmã explicou, a história tinha durado meses, com ela sempre de confidente, guardando segredo e vendo a menina sofrer por minha causa. Que traidora!, devia ter aberto o jogo, André disse enquanto nos levantávamos da mesa em direção à sala de estar. Tentando mudar de assunto, elogiei o jardim no terraço deles, cheio de vasos de plantas em prateleiras, no muro dos fundos do prédio. Mas quando Fernanda estava mostrando o vaso de *hibiscus* que ela cultivava, o marido dela voltou ao tema: teve até carta de amor, é? Que coisa mais antiga!

A teoria da Fernanda era que, na verdade, eu gostava da Bia também, só não tinha sido capaz de corresponder a algo tão sério aos dezessete anos. Depois de receber a carta, evitei qualquer contato durante duas semanas e só falei sobre o assunto na fatídica festa de formatura, como ela continuou a contar. Por que fatídica?, André perguntou depois que nos sentamos para um café, os dois no sofá de couro e eu numa das poltronas de frente para o jardim. Então me mantive como um espectador, como se a história fosse sobre outra pessoa, enquanto minha irmã se encarregava novamente de apresentar os acontecimentos de quase dez anos atrás. A festa era numa casa imensa, em Santa Tereza, acho eu, para comemorar a formatura da turma do Murilo, que tinha terminado o segundo grau. Isso significa que ele ia sair do colégio, além do mais eu ia viajar para fazer um ano de intercâmbio, então para a Bia a história tinha que se resolver de algum jeito naquela noite, sabe? Mas o que ela podia fazer depois de ter mandado uma carta?, Fernanda deu de ombros num gesto teatral. Bem, o Murilo finalmente resolveu que devia chamar a Bia para conversar, lá pelas tantas, mas o que eu sei da conversa foi ele mesmo que me contou, então... Eu conto? Ou você?, ela perguntou.

Fiz só um gesto com a mão para ela continuar a história: eles foram para um canto do jardim, o Murilo pediu desculpas por não ter falado nada até aquele dia, disse que tinha lido a carta, que ela estava linda, sei lá mais o quê, ela contou sorrindo ironicamente. E no final das contas resolveu bancar o experiente, dizendo que ela tinha levado aquilo a sério demais só porque era a primeira vez. Basicamente, que ela era muito criança pra ele, um cara que, afinal, já tinha namorado duas ou três pessoas na vida, André completou. Fernanda continuou a falar: a Bia discordou do Murilo e argumentou que não precisava ser assim, tinha certeza de que a história era séria, ele é que não via, e acho que o meu irmão não esperava por isso, tinha imaginado que ela fosse só ficar triste, sei lá. Quando eles voltaram para o salão, o Murilo ficou bebendo sem parar e, ainda por cima, inventou de dançar e conversar num canto, durante o resto da festa, com a Letícia, logo a irmã mais velha da Bia, e namorada de um colega de classe dele, o Henrique. Então o resultado foi que o garoto não gostou, veio tirar satisfações, e os dois acabaram brigando. Nessa época o meu irmão volta e meia entrava numa briga, sabia?, ela contou para o André, com uma expressão de censura. Resultado: a menina, já arrasada por ter que ver o cara dar bola pra irmã dela, ficou pior ainda quando soube da briga, e logo depois dessa festa o Murilo viajou de férias pra Minas. Desde então a gente não ouviu mais falar da Bia, porque quando eu voltei do intercâmbio ela tinha saído do colégio.

Ou seja, o Murilo é o grande vilão da história, eu mesmo concluí.

14

Ouviam-se as buzinas dos carros, ao longe, destacando-se no rumor do trânsito do qual eu tinha escapado, finalmente, fazia dez ou quinze minutos. Choveu durante o dia inteiro, não com a intensidade dos temporais de verão, só o suficiente para alagar os pontos estratégicos da cidade e causar vários quilômetros de engarrafamentos. No entanto, apesar dos transtornos no caminho, eu não podia deixar de encarar a frente fria que tinha chegado naquela madrugada como um refresco bem-vindo depois de semanas de calor abafado. Perto das sete e meia, as nuvens se dispersaram por alguns momentos, então foi possível enxergar o colorido do fim de tarde, com raios de sol fazendo brilhar a pedra molhada do Corcovado, ou os paredões do Morro dos Cabritos e do Cantagalo, mais adiante, já quase na fronteira com o movimento de luzes urbanas da sequência de prédios de Ipanema e do Leblon. Sobre o morro Dois Irmãos, o céu tinha ganhado um tom mais quente, alaranjado, terminando de compor a paisagem que eu observava distraído durante o alinhamento para o próximo páreo.

Segundo Joaquim, a briga no final da festa de formatura tinha sido totalmente por minha culpa, sem dúvida nenhuma, se eu queria a opinião sincera dele. A ideia de consultá-lo a respeito do assunto começou a me parecer um equívoco, mas era tarde demais. Argumentei, contrariado, que tinha feito de tudo para evitar aquela briga, até porque não aconteceu nada de mais entre mim e a Letícia, a namorada do Henrique. Insisti para ele se acalmar, tentei dissuadi-lo, pedi desculpas por ter dançado com a namorada dele, se era uma bobagem dessas que importava; mesmo assim, ele praticamente me obrigou a brigar, eu disse. É, Joaquim comentou, mas antes de pedir desculpas e tal você disse que não tinha acontecido nada de mais porque *você* não quis; eu me lembro muito bem desse detalhe, aliás foi você mesmo quem me contou.

Apesar dos quase dez anos passados, a cena me ocorre nitidamente, como se tivesse acontecido ontem. Há dessas coisas que, talvez por serem incômodas, nunca se apagam da memória. Meu primo estava do outro lado da piscina quando viu a briga começar, num canto afastado do jardim para onde o Henrique tinha me levado. Ele comentou que também se lembrava perfeitamente bem de como eu ainda estava falando alguma coisa quando levei um soco que quase me derrubou, depois o meu adversário chegou a me acertar um chute, só que consegui segurar a perna dele e derrubá-lo de costas no chão. Joaquim achava que eu poderia muito bem ter simplesmente imobilizado o garoto: em vez de fazer isso, você partiu pra cima dele até eu te segurar; e olha que ele era seu amigo... Bem, obrigado, Quincas, por me deixar culpado, respondi e fiquei em silêncio observando a pista do Jóquei, à espera da largada. Ele deu de ombros: você é que quis saber o que eu achava.

O sinal tocou, e ouvimos a voz conhecida pelos alto-falantes: colocados, atenção!, largada para o quinto páreo do programa, largada boa!, Chilavert toma a ponta, Rebusque corre próximo em segundo; em terceiro lá por fora vai forçando Soroco, tomou a segunda e a ponta; o páreo saiu ligeiro, Soroco sacou um corpo de vantagem, em segundo agarrado Rebusque, entram pela variante, Soroco ponteia com dois corpos de vantagem sobre Rebusque, em terceiro Chilavert, Senhor Mandão em quarto, Navio Fantasma em quinto, Marcial em sexto e Sonho Desejado em sétimo; chegam na segunda parte da variante e aproximam-se da reta, Soroco continua em primeiro mas a vantagem é menor, contornam a curva de chegada e entram pela reta final, Soroco ponteia, Senhor Mandão avança por fora, vai tomando a segunda e vem tentar a primeira; toma a ponta!, e Soroco fica em segundo, Chilavert corre em terceiro, avança, Senhor Mandão mantém um corpo de vantagem, Rebusque perde terreno, Chilavert corre em segundo, Navio Fantasma toma a terceira posição, na ponta o Senhor Mandão, Rebusque tenta se recuperar, aproximam-se da chegada, Senhor Mandão tem vantagem: meio corpo, um corpo todo, e cruzam a faixa final...

Perdi outra vez, enquanto Joaquim, como de costume, acertou sua aposta no cavalo 9. Talvez as coisas estivessem voltando ao normal, pensei. Voltando ao tema depois da corrida, meu primo comentou que, na verdade, o motivo daquela briga tinha sido o ciúme do Henrique, claro, mas eu tinha provocado: em todo caso, não adianta nada ficar culpado depois de tantos anos. Pois é, e nem era da namorada dele que eu gostava, respondi. Ele me olhou levantando as sobrancelhas: aí é que mora o problema... Então resolvi explicar minha teoria sobre duas concepções do amor, uma de Púchkin, mais romântica, outra de Tchekhov, mais realista. O meio-termo era Turguêniev, por isso resumi rapidamente a história do conto "Primeiro amor", que servia de exemplo para minha teoria. Joaquim ficou me ouvindo com uma expressão meio zombeteira, de quem aguenta pacientemente essas tolices, e quando parei de falar mudou de assunto, pondo as duas mãos espalmadas na cabeça: desculpa, lembrei agora, você soube do nosso amigo Miranda? Respondi que não, e ele me contou que outro dia, não fazia muito tempo, tinham prendido um traficante que atuava no Jóquei, a notícia saiu no jornal e tudo: era um velhinho que todo dia vinha de ônibus lá do Engenho de Dentro trazendo os papelotes para vender. Tinha foto? Você reconheceu o cara?, perguntei. Não, mas me disseram depois que esse velhinho denunciou um esquema barra pesada de agiotagem..., ele comentou, o que reforça aquela nossa suspeita. Será?, duvidei ainda, mas acabei deixando de lado aquela história, por ora, já que o páreo seguinte estava prestes a começar.

Vai dar seis, aposto uma cerveja com você, Joaquim me desafiou. Feito, vai dar quarenta e oito, respondi imediatamente, então corremos para fazer as apostas a tempo. Confiava em minha escolha do cavalo *8*, Filho do Capitão, segundo favorito no páreo, e do *4*, Flymetothemoon, montado por R. Oliveira, que me dera duas vitórias naquele mês. Diante do placar, com seus números em constante variação, meu primo ainda se divertiu durante o alinhamento final, calculando o que iria ganhar. Atenção, colocados, largada boa, voltou a voz do locutor articulando as palavras em alta velocidade, enquanto eu tentava identificar a camisa azul com mangas verdes e o boné listrado de R. Oliveira, mesmo pelo binóculo uma figura colorida diminuta do outro lado da imensa pista de grama do hipódromo. A repetição sempre me parece confortável, há uma sensação de alívio quando finalmente toca o sinal e tem início a locução, porque faz parte do jogo levar em conta todas as variáveis matemáticas das nossas tentativas de prever o que vai acontecer, mas a partir do instante da largada os exercícios de previsão dão lugar a uma expectativa mais imediata, a uma espécie de pulsação no ritmo dos cavalos correndo. Quando os competidores se aproximam pela reta final, essa pulsação da expectativa toma a forma cada vez mais nítida do avanço de corpos em movimento, ganhando materialidade, como se o acontecimento futuro, objeto de nossas abstrações matemáticas, cedesse terreno ao presente. Por um momento, há como que uma concentração apenas na força da ação, na inevitabilidade do avanço, no ímpeto das pernas tocando o chão com leveza, no equilíbrio preciso dos cavaleiros sobre os corpos sólidos que se projetam para a frente.

Filho do Capitão com duas cabeças de vantagem sobre Flymetothemoon cruzaram a linha de chegada. Joaquim só pôde comentar que o *6* desgarrou na curva, assim não dava para recuperar... Naquele páreo, com suas dezenas de possíveis combinações de resultado, não havia outra escolha. Ele foi liderado ao longo de toda a reta final pela dupla *4* e *8*, sem disputa, até sem muita emoção, comprovando que minha maré de sorte continuava. Quando voltei para a arquibancada, mostrando os noventa reais que tinha recolhido na banca de apostas, Joaquim já estava me esperando com duas latas de cerveja na mão: pena que dessa vez você apostou pouco! Emendei uma citação: como diz o Bukowski, a vida quase faz sentido quando os cavalos fazem o que você pediu.

15

O mais intrigante naquele dia não foi propriamente um acontecimento, mas o que deixou de acontecer. Há desses lances de sorte que passam despercebidos no momento em que ocorrem, só depois repercutem na memória e funcionam como ponto de partida para a imaginação desenfreada sondar o que poderia ter ocorrido. Se eu tivesse reagido um segundo antes, se a velocidade do carro fosse maior, se eles tivessem escolhido o quiosque seguinte..., fiquei pensando depois nas diversas hipóteses, repetidas vezes. Na hora não pensei em nada, na verdade só prestei atenção no encontro com a Bia, que vi parada na rua, de canga enrolada na cintura, camiseta amarela e óculos escuros. Por mero acaso, ela se encontrava bem na minha frente quando parei na esquina da Vieira Souto com a Joana Angélica para esperar o sinal fechar. Estava virada para mim, conversando com uma moça de roupa de ginástica que se alongava na beira da calçada entre as pistas com o pé apoiado num gelo-baiano. O relógio digital de rua, a poucos metros das duas, marcava *37º*, em seguida *16:16*. Não sei por que os números ficam gravados na minha memória.

A pista da praia de Ipanema, fechada para os carros por ser feriado, estava repleta de passantes, patinadores, skatistas, crianças de bicicleta, corredores e grupos de turistas. Eu andava distraído, olhando para o movimento incessante das pessoas na avenida Vieira Souto, quando reconheci a Bia. Meu coração acelerou de repente e cheguei a especular, sem saber bem o porquê, sobre a possibilidade de fugir daquele encontro, afinal bastava atravessar mais adiante e seguir meu caminho como se nada tivesse acontecido. Justamente nesse instante de hesitação, ela me viu parado na calçada do outro lado da avenida e me chamou com um aceno, sorrindo. Assim, capturado pela situação que o acaso me oferecia, verifiquei que o bonequinho verde tinha acabado de acender e dei um passo para atravessar a faixa de pedestres.

Parei por puro reflexo ao ouvir a buzina do carro que tinha avançado o sinal, então o Golf preto passou zunindo a poucos centímetros do meu corpo, para depois seguir em disparada na direção do Leblon. Ainda permaneci por alguns segundos congelado na posição em que o susto me deixou, com o tronco um pouco inclinado para a frente e os braços abertos, como quem se equilibra. Cuidado, menino, dando trabalho pro seu anjo da guarda, disse logo em seguida a Bia, ajeitando os óculos escuros que tinham batido nos meus quando trocamos dois beijos no rosto. Ela me apresentou a Roberta, que talvez eu tivesse visto na festa do outro dia. Ninguém respeita a porcaria do sinal nessa cidade, respondi ao comentário enquanto cumprimentava a amiga, uma garota baixinha cujo rosto estava muito vermelho. Segurando um dos pés atrás da coxa, com a mão num poste, Roberta explicou que precisava dar um mergulho porque tinha caminhado até o Leme, e Bia disse que ela era louca de fazer isso àquela hora, com o sol a pino. Quando a outra se despediu, ela acrescentou que costumava caminhar na praia todos os dias, mas sempre de manhã cedinho.

Caramba, que débil mental aquele motorista, ela disse, batendo na testa com as pontas dos dedos. Deixa pra lá, e aliás, que coincidência a gente se encontrar hoje, respondi sem dar maior atenção ao incidente. Fiquei pensando no nosso reencontro esses dias e queria falar com você porque... — Foi quando notei Rodrigo, que se aproximava com dois cocos nas mãos, vindo do quiosque na beira da praia, e se mostrou muito contente por me ver. Resolveu sair de casa, então! Outro dia você me contou que passava os dias enfurnado no escritório e que detestava o verão carioca, ele falou ao me cumprimentar. Pois é, às vezes fica difícil trabalhar nesse nosso balneário, o verão obriga a pessoa a sair de casa, não tem jeito... Mas a festa ainda rendeu muito naquela noite?, perguntei num tom que me soou excessivamente empolgado. Claro, ele respondeu, teve quem viu o sol nascer lá da varanda, pena que você e o Joaquim não ficaram mais. Bia permaneceu calada, tomando sua água de coco, enquanto Rodrigo me contava que eles tinham terminado a mudança e estavam aproveitando o fim de semana feito turistas. E você também caminha na praia cedinho, como a *Ana* me contou que faz?, perguntei para ter algum assunto, enfatizando o nome. De jeito nenhum, ela respondeu por ele, esse aí, desde que a gente se mudou, troca o dia pela noite trabalhando, só acorda cedo quando vai velejar, mas assim é melhor, porque eu gosto de andar ouvindo música.

Nossa conversa durou menos de cinco minutos. Depois que nos despedimos, caminhei em direção ao Leblon, a princípio sem pensar em nada. Só após andar aproximadamente quinhentos metros comecei a imaginar o que a Bia estaria pensando, ou dizendo naquele exato momento. Na altura do Jardim de Alah, parei para observar um grupo de moleques que davam mergulhos temerários no canal sacudindo os braços, os corpos magros no ar. Fiz um esforço para deixar de lado não só as poucas palavras trocadas no encontro, que se repetiam na memória como um eco, mas também aquelas que tentava adivinhar, as palavras que teriam sido ditas na minha ausência. Uma sensação de arrepio me causou, então, aquele movimento involuntário de balançar a cabeça que antecede uma ideia assustadora ou um medo inesperado. Assim, sem aviso, voltei a pensar no meu quase acidente, por um triz: se o carro tivesse me atropelado, afinal, como seria? Talvez eu estivesse num hospital, em vez de continuar andando pela praia... Então fantasiei a Bia na sala de espera, depois ela me contando o que tinha acontecido, ao lado da cama. Eu poderia ter quebrado uma perna, um braço, algumas costelas, ou sei lá que outras consequências do choque com o carro e da batida no asfalto quente, sobre o qual teria ficado deitado, semiconsciente, enxergando as pernas das pessoas como manchas confusas. Depois de compor as cenas na minha imaginação, como as de um daqueles seriados de médico que passam na tevê, pensei que o mais provável na verdade era ter morrido atropelado por aquele carro. Bia, como uma atriz em cena, tirando os óculos escuros e pondo a mão na frente da boca, num gesto de desalento; alguém avisando que anotou a placa do carro preto em fuga, vem um policial correndo; corta para o médico da ambulância dizendo que não há mais o que fazer; ou quem sabe para o enterro que idealizei num belo cemitério arborizado, com gramados amplos.

Subitamente, percebi que já estava no final do Leblon e que tinha caminhado até ali tão ocupado com as consequências possíveis do meu atropelamento que quase não enxerguei a praia, o mar e as centenas de pessoas que passavam por mim. Quanto romantismo, quanto desperdício, pensei, lembrando das frases de Bazárov. Foi um estalo, como se eu despertasse de um certo torpor e, entre irritado e aliviado, voltasse a perceber o mundo à minha volta, a realidade objetiva, sem fantasias dirigidas por sentimentos banais, que na verdade não passam de afecções e inclinações físicas, como diria o personagem de Turguêniev. Perto do final da pista, sentei no degrau do calçadão para olhar os surfistas, que aproveitavam um dia de ondas grandes, ou as pessoas na areia, animadas pela tarde de sol. Um casal jogava frescobol na beira do mar em grande velocidade, o rapaz de sunga roxa e a moça de biquíni verde não paravam de cortar bruscamente a trajetória da bolinha com suas raquetes coloridas, sem deixá-la cair, mantendo o vaivém feérico. Perto deles, em meio aos banhistas, um garoto de bermuda vermelha e branca brincava de jogar um pedaço de madeira na água para seu labrador amarelo buscar, no meio da espuma, e o cachorro incansável não tinha medo de entrar no mar agitado.

Durante os quinze ou vinte minutos em que permaneci sentado ali, acompanhando ora o movimento dos passantes e dos banhistas, ora o ritmo hipnótico do ir e vir das ondas batendo nas pedras, foi como se o tempo transcorrido desde minha chegada fosse uma realidade paralela, apenas imaginada. Na verdade, escapei por tão pouco do acidente, ao qual não dei muita importância na hora, que ele quase deveria ter acontecido. Era o resultado mais provável da minha desatenção, aquele no qual eu apostaria, caso se tratasse de um jogo. Segundo essa lógica, todas as coisas que eu via não passavam de meros fantasmas, tudo que estava diante de mim se reduzia a uma possibilidade entre várias, determinada de maneira frágil e sem sentido por encontros e desencontros fortuitos, pela diferença de um segundo ou de um passo.

16

O que Kolotov escreve é resultado das noites passadas em claro. Mais uma vez, ao se deitar, ele permaneceu agitado por pensamentos não se pode dizer incoerentes, mas que se encadeavam em sequências inusitadas. Lisa, ao seu lado, já adormecera havia pelo menos duas horas. À beira do poço escuro que o sono parecia ser então, as ideias se confundiam. Precisava ponderar novamente o que fazer, tomar alguma decisão. Amanhã, melhor amanhã... Mas por que o sono lhe parecia um ideal inatingível? Enfim Kolotov desiste de lutar contra a insônia, levanta-se e sai do quarto com todo cuidado, para não acordar a esposa. Atravessa o corredor e dirige-se ao escritório, de onde emana ainda o brilho alaranjado das brasas na lareira que ele acendera mais cedo. Depois de acrescentar lenha nova, atiçar o fogo e regular sua lamparina, senta-se à mesa de trabalho com a intenção de começar a carta sempre adiada. Sob a luz baça, cada frase custa grande esforço. As palavras, normalmente dóceis, maleáveis, obedientes, mostram-se difíceis de controlar. Por uma pequena fresta na janela, ele sente o frio insistente da noite e ouve a cidade sussurrar seus segredos. Permanece imóvel, com a pena na mão, observando os rabiscos de tinta preta no papel. Então desiste, atira a folha na lareira e observa a chama amarela que rapidamente a consome por completo. Em seguida, retira da gaveta o caderno de capa de couro preta. Por algum motivo, escrever para si mesmo lhe parece um alívio. Volta a molhar a pena no tinteiro e começa a reconstruir os passos que, durante as horas insones, levaram de uma imaginação a outra, de uma lembrança a outra, de um projeto a outro. A madrugada transcorre nesse exercício consciente de traduzir para o mundo ordenado das palavras escritas cada vestígio de imagem e cada fragmento de discurso que surgiram no seu cérebro na penumbra da insônia.

Além do ritmo mais lento na comunicação e do cuidado também vagaroso com as palavras, as notícias recebidas tinham uma outra densidade, pensei ao terminar de reler o trecho. Durante o período de espera até que a outra pessoa recebesse a carta, era como se o instante do passado em que ela foi escrita se guardasse, à parte, para ser descoberto. E depois aquele instante vinha surpreender o remetente, repercutido, ainda vivo de alguma maneira, quando finalmente chegava a resposta da mensagem talvez já esquecida, do registro único de um ponto perdido em meio às recordações dos dias de espera. Então o que pensar de uma carta com quase uma década de atraso? Naquela prática que agora me parecia quase pré-histórica de escrever à mão e ir pessoalmente até uma agência de correio, o que fazia toda a diferença para o destinatário era receber, junto das notícias um pouco atrasadas, as folhas de papel escritas, matéria palpável que estivera nas mãos do remetente. Foi o que me ocorreu, enquanto observava pela janela as nuvens cinza-chumbo que tinham surgido no horizonte após uma manhã ensolarada e que agora derramavam uma chuva intensa sobre a cidade.

Durante um intervalo na tradução, mais cedo, a sala já perdera o tom alegre que lhe dava a claridade do sol matinal, cuja invasão progredia passo a passo ao longo do verão. Em meados de janeiro, a faixa clara e irradiante se estendia da janela até quase tocar a cômoda do outro lado da sala. Medir esse progresso durante meu trabalho é minha maneira de registrar o movimento da estação, seu assalto inevitável, seu progresso e depois o gradual retrocesso que anuncia tempos mais amenos. Naquele dia, porém, fiquei a tal ponto imerso no livro que nem tinha percebido o sol indo embora, muito menos a mudança repentina no tempo. Não sei se a história da carta que Kolotov tenta escrever, no livro de Traub, foi a fagulha que despertou minha curiosidade; ou se aquela atitude vinha amadurecendo em algum lugar do meu pensamento, como uma noção encoberta, ainda sem forma. Quando me dei conta, já estava me equilibrando no último degrau da escada portátil de alumínio, vasculhando o alto do armário em busca da pasta azul grossa, abarrotada de papéis, na qual me lembrava de ter guardado a correspondência. Depois, sentado no chão, permaneci por algum tempo apenas examinando o envelope que ela fizera questão de enviar pelo correio em vez de me entregar. Não me lembrava da letra arredondada, pensei, e curiosamente também não consegui recordar com nitidez da Bia aos quatorze anos, pois em minha imaginação se projetava a figura atual dela escrevendo as linhas que comecei a ler, num papel já um tanto amarelado e cheio de ranhuras.

O conteúdo era exposto de uma maneira sóbria, muito segura para a idade da autora, em contraste com o traço cuidadoso e algo infantil da escrita. Relendo aquelas palavras ao mesmo tempo calorosas e ponderadas, rememorei nitidamente a primeira leitura feita na varanda do apartamento da Gávea. Na época, realmente não esperava aquilo, nem tinha a menor ideia de como reagir. Não foi a surpresa que me deixou atordoado, pensei, e sim a sinceridade do que ela dizia. Era uma menina de quatorze anos contando seus planos de vida comigo, ou seja, puro romantismo adolescente. Mas me sentira comovido, no fundo, enquanto lia aquela carta na varanda da casa dos meus pais anos atrás, e essa comoção me deixou muito irritado por algum motivo que até hoje eu não sabia explicar, a ponto de minha primeira reação ter sido a de amassar a carta para jogá-la fora. Só que me contive e depois passei um bom tempo desamassando com todo cuidado as folhas, que ainda guardam as marcas daquele primeiro impulso, para depois guardá-las de volta no envelope em que ficaram por todos esses anos.

Diante do papel em branco, voltei a lembrar do personagem principal do romance de Traub tentando escrever sua carta durante a madrugada. Ao contrário do que ocorre com ele, para mim as palavras vieram naturalmente, como se tivessem ficado guardadas anos a fio em algum recanto escondido, à espera daquele momento. Logo quando estava começando a escrever sobre minha impressão nostálgica a respeito de cartas, me ocorreu também uma reflexão de Púchkin sobre a possibilidade de refazer o passado, contra todas as expectativas. Voltei a observar a escrita arredondada, algo infantil, a tinta azul no desenho das frases, no papel já meio amarelado e cheio de ranhuras que eu dispusera no atril, no lugar do livro que ainda deveria estar traduzindo naquela manhã. Ajeitei sobre a mesa uma nova folha em branco e recomecei a carta contando o trecho que a memória me forneceu, inesperadamente, como uma imagem do que eu estava fazendo.

Quando estava fechando o envelope, não pude deixar de experimentar um certo remorso, porque Bia era casada, afinal... Essa consciência me perturbou por algumas horas, toda vez que eu olhava para aquele envelope fechado, com o nome dela, sobre a minha mesa. Mas aos poucos, enquanto eu trabalhava, o remorso foi soterrado por outro sentimento, mais intenso e consistente, uma espécie de reparação ligada a uma história que me pertencia, com a qual Rodrigo não tinha nenhuma relação. De modo que mais tarde, ao sair da agência do correio, a única coisa em que eu pensava era na reação da Bia quando lesse a carta. Os motivos de hesitação anteriores tinham sido completamente substituídos por essa outra preocupação, que seria a única a ocupar meu pensamento: ora Bia amassava a carta e a jogava fora, ora lia com indiferença e ligava para o marido, ora começava a redigir uma resposta. As minhas próprias palavras se repetiam na memória — trechos, fragmentos, parágrafos inteiros, dezenas de vezes —, e eu imaginava a reação dela como uma projeção das lembranças remotas da minha própria reação, muitos anos antes, ao ler a carta que ela me enviara.

Já no caminho para o correio, enquanto me desviava das poças d'água nas calçadas, inclinando o guarda-chuva para a frente de modo a me proteger da chuva forte, me perturbou o desconforto por ter traduzido, justamente naquele dia, o capítulo em que Kolotov cai em desgraça. Notei que aquele desconforto tinha se insinuado gradativamente, à medida que eu trabalhava na tradução, em meio aos dilemas suscitados pela visão do envelope que continha minha carta. É exatamente o fato de ter ganhado que leva Kolotov à ruína, pensei ao passar pelas calçadas quase alagadas, na rua do Catete. Sabia o que estava para acontecer: da próxima vez que ele encontrasse Iáchvin, já seria para cair na sua armadilha. Restava da minha primeira leitura do romance, feita anos antes de começar a traduzi-lo, uma impressão angustiante dessa parte do livro, suscitada pela maneira seca como Traub descreve a derrocada do protagonista. Não há uma preparação, um processo gradual, ele simplesmente continua a apostar indefinidamente, e quando não tem mais recursos, recorre a Iáchvin como se isso fosse natural, sem se preocupar. Daquele ponto em diante, parece não haver escapatória.

17

Estávamos no carro do Juliano, vindo do campus no Maracanã, a caminho do museu onde aconteceria a abertura de uma exposição da qual participavam alguns artistas que conhecíamos. Satisfeitos por fugir do calor infernal que dava a impressão de nos cozinhar em fogo baixo, conversávamos sobre a atitude terrorista da secretária da pós-graduação, que segundo meu amigo era só um jogo de cena, e depois sobre os projetos definitivos que nós dois tínhamos entregado com recorde de atraso naquela tarde. O dele não era mais sobre Borges, como previsto, mas sobre o poeta catalão Joan Brossa, de quem me contou ter visto uma palestra mais de dez anos atrás, justamente no Museu de Arte Moderna, para onde nos dirigíamos. O meu projeto, sobre os diários de Traub e a tradução do romance *A aposta*, já estava pronto fazia mais de duas semanas, eu só tinha esquecido completamente a data de entrega.

O personagem principal é um médico russo que está vivendo em Paris e que joga numa espécie de cassino, mas esconde da família o vício nas apostas, eu contei, porque Juliano quis saber qual era o enredo do romance. Então, aos poucos você acompanha a vida dupla desse sujeito, Nikolai Kolotov, e suas desventuras nas mesas de um jogo chamado faraó — o mesmo do conto "A dama de espadas", de Púchkin —, que é quase como jogar na roleta só que com cartas, continuei o resumo. Ele é enganado por um outro personagem russo, Iáchvin, e depois você fica sabendo que a história tem ligação com o assassinato do czar no final do século dezenove... Não me conta o final, senão perde a graça quando eu for ler a sua tradução, só queria saber mais ou menos como é a história, Juliano me interrompeu. À medida que o carro avançava lentamente no engarrafamento da Avenida Presidente Vargas, Juliano passou a discorrer sobre o realismo socialista, depois sobre os acmeístas e os futuristas russos, que estudamos num curso do semestre anterior. Mas a exibição de sua memória assombrosa não impediu que eu começasse a ruminar, em pensamento, uma ansiedade que não tinha nenhuma razão concreta para sentir. Bastou eu ver no convite que um dos expositores era formado em design, e comecei a imaginar a possibilidade, remota e improvável, de encontrar a Bia no evento.

A exposição coletiva reunia trabalhos de artistas jovens, a maioria com propostas da chamada "arte relacional", como anunciava o programa. Não gosto dessas obras que obrigam o espectador a participar, eu disse ao Juliano na última sala, parece teatro, quando um infeliz tem que subir no palco ou dialogar com o ator. Adoro isso, ele respondeu. Comentei então que, de todos os trabalhos expostos, só me interessou mesmo a instalação da Paulina, uma intrincada trama de metal com espessuras variadas que se estendia num traçado irregular à medida que atravessava, em seu percurso, estranhos mecanismos com engrenagens em movimento que pareciam bombas em contagem regressiva. Aliás foi uma surpresa, eu disse, confesso que não esperava muito... E Juliano entendeu minha confissão de um jeito torto: você acha a moça bonita demais pra, ainda por cima, ter algum talento. Não, não, é porque, na verdade, eu nem sabia que ela era artista plástica, você nunca tinha me contado, achava que era uma estudante de arquitetura em São Paulo e veio..., eu ia dizendo quando fui interrompido pela própria Paulina, que estava com um grupo de amigos na saída da exposição. Ao revê-la, toda sorridente, com seus grandes olhos de um azul chamativo, me identifiquei com o drama de meu amigo. Segundo a expressão que Juliano gosta de usar, ela é o exemplo perfeito de uma pessoa de lua. Linda, mas complicadíssima. Ele ficava desconcertado com mudanças súbitas de atitude, sumiços repentinos, atrasos imperdoáveis, tudo aquilo que o levava ao desespero e só o deixava ainda mais apaixonado. Mas naquele dia a fase da lua devia ser favorável, pensei, a julgar pelo beijo demorado e pela conversa ao pé do ouvido entre eles.

Do terraço do museu se via o fim da tarde com uma claridade estranha, meio esmaecida, que coloria o mormaço sobre a baía. Percorri diversas vezes o salão, conversando aqui e ali com algum conhecido, num estado de dispersão cuidadosamente mantido por seguidas taças de vinho branco, mas como que à espreita de uma surpresa que eu insistia em antecipar. Minha atenção vasculhou os presentes, depois se concentrou na rampa de acesso ao terraço, visível de dentro do salão, e continuou a me fazer companhia até o momento em que Juliano e Paulina me chamaram para ir jantar com uns amigos dela vindos de São Paulo. No fundo, me senti aliviado quando descemos a rampa e atravessamos o pátio do museu, talvez porque assim, sem um reencontro, pudesse manter a esperança de uma resposta favorável à minha carta. A espera tinha se tornado, nos últimos dias, uma espécie de rotina. Todas as manhãs eu acordava pensando na mesma coisa, ensaiando a repetição da cena matinal quase idêntica, como se eu fosse o ator de uma peça.

Havia um instante no qual meus olhos recém-abertos me forneciam uma imagem da janela de veneziana, com as finas faixas luminosas por trás da cortina. Despertava de um sono sem sonhos, pelo menos sem a lembrança de nenhum sonho, e logo em seguida, como se fosse um gesto ensaiado, virava o corpo meia volta para, deitado como um morto, com as mãos cruzadas sobre o peito, pensar na Bia enquanto observava o ventilador de teto girando. Não em seu rosto ou em qualquer lembrança de encontros recentes ou remotos, mas especificamente na fantasia da leitura da minha carta. Desse modo, antes de levantar, eu repassava as palavras que tinha escrito, avaliando as frases e seu possível impacto. Elas constituíam minha fala, que podia mudar levemente de entonação a cada vez que a cena se repetia.

Traduzia por uma ou duas horas, depois passava o resto das manhãs apenas lendo os contos de *Vozes dissonantes*, de Traub. Durante a leitura, na poltrona da sala, um sentimento de constante expectativa pulsava de maneira bastante regular, como se seguisse a linha de um cardiógrafo. Intervalos de concentração nas desventuras amorosas do estudante Michka Koniaiev, ou na tentativa frustrada do velho Iákov de reorganizar o trabalho em suas terras, eram seguidos por picos de ansiedade. Mas eu me esforçava para espaçar o gráfico imaginário dessas pulsações ao longo da manhã, a fim de esticar o tempo até a hora em que o carteiro costumava passar. Por volta de uma da tarde, descia até a portaria para verificar inutilmente o quadrado de madeira com o número do meu apartamento. Encontrava ali apenas uma conta de telefone, ou uma propaganda de lavanderia, ou o folheto de divulgação luxuosamente ilustrado de uma coleção de selos sobre a história do Brasil.

Os sintomas do meu estado de apreensão tinham já desaparecido quando chegamos ao Nova Capela, depois do evento no museu, de modo que o golpe só veio quando eu tinha baixado a guarda. O restaurante estava lotado, mas por sorte havia uma mesa grande prestes a vagar, então esperamos alguns minutos assistindo ao movimento peculiar da Mem de Sá, com o vaivém das pessoas nos bares em segundo plano. Do outro lado da rua, uma discussão áspera entre travestis foi ignorada por guardadores de carro que também disputavam clientes; mais perto, na nossa calçada, dois moleques pedindo trocados deram lugar a um vendedor de flores vestido de smoking. Enquanto ouvia a conversa de meus amigos sobre uma fazenda em Minas Gerais que se tornara um museu de arte contemporânea, vi de relance na porta de uma casa de shows, ao longe, uma garota de cabelo curto que poderia ser a Bia, porém ela logo sumiu de vista em meio ao tumulto da Lapa.

Só fui confirmar que não tinha me enganado um pouco mais tarde, quando já estávamos instalados numa das mesas, ao lado das tradicionais vitrines do balcão do Nova Capela que expõem as travessas de cabrito assado. Juliano tinha acabado de propor aos amigos de Paulina uma exegética pouco confiável do brasão do restaurante, impresso no papel que cobria a mesa. Comentando com eles a respeito dos motivos marítimos, apontei a estranha imagem de um mergulhador pendurada na parede de azulejos, do outro lado do restaurante, e foi nesse instante que reconheci a Bia numa mesa de canto, bem debaixo do quadro. Quem me viu primeiro não foi ela, e sim o marido. Sorridente, Rodrigo fez um aceno com uma das mãos para me chamar, ao mesmo tempo que, com a outra, tocava o ombro da Bia: olha ali o Murilo. Quando fui cumprimentá-los, ele contou que tinham acabado de chegar ao restaurante, vindo de uma apresentação excelente de chorinho, em seguida me apresentou a um grupo de pessoas cujos nomes e rostos fui totalmente incapaz de registrar. O jeito educado e ligeiramente frio da Bia não revelava nenhum indício de que ela tivesse recebido minha carta, pensei. Oi, Murilo, agora a gente vive se encontrando pela cidade, ela disse tranquila, sem esboço de um sorriso. Pois é, que coisa, não precisa nem combinar, respondi meio sem graça, e a muito custo fui capaz de articular algumas frases sobre a exposição no MAM, antes de voltar para a minha mesa.

Durante o resto da noite, por mais que eu tentasse evitar, era como se de fato existisse um ímã atraindo minha atenção, bastava eu me descuidar. Apenas fingia prestar atenção nas conversas das pessoas em torno de mim, mas ao falar permanecia consciente de cada gesto e de cada palavra que pudessem ser percebidos pela Bia, do outro lado do restaurante. Em dado momento, notei que Rodrigo se levantou para ir ao banheiro, então por um ou dois minutos esqueci a precaução e mantive o olhar dirigido para ela, à espera de algum sinal de cumplicidade, de um gesto qualquer. Contudo, sem se abalar, ela simplesmente me ignorou durante aquele tempo, ou fez questão de não devolver o meu olhar.

O aceno e as poucas palavras de despedida, depois, não apagaram do meu pensamento a imagem fixada durante aqueles minutos de ausência do marido, tal qual uma fotografia: no fundo o colorido da parede de azulejos repleta de quadros, o movimento desfocado do restaurante em volta, e ela de perfil conversando tranquilamente a três ou quatro metros de mim, como se eu não existisse.

18

Por telefone, na quinta-feira, antes de eu sair para entregar meu projeto na universidade, Fernanda me informou que já sabia da história da cobrança. Foi por intermédio do nosso primo Joaquim, claro, pois ele contou tudo para o marido dela alguns dias antes, quando os dois se encontraram para jogar uma partida de xadrez. Então fui obrigado a ouvir as reclamações da minha irmã, a explicar por que tinha feito segredo, depois me dispus a narrar os detalhes em nosso próximo encontro.

Quando cheguei à casa dela no sábado de manhã, por volta de onze horas, André e Dora ainda estavam dormindo. Fernanda esperava com a curiosidade impressa no rosto: quais são as novidades daquela história?, ela perguntou logo, só depois se lembrou de verificar se eu tinha tomado café da manhã. Não quero nada não, obrigado, tomei café na padaria da esquina de casa, fui dizendo enquanto nos dirigíamos para a sala. E ela me explicou que ia acordar todo mundo dali a pouco, já que a família tinha uma festa de casamento no Alto da Boa Vista, de uns amigos de infância do André, meio caretas, e que a Dora já não dormia mais de tarde nos dias de semana, por causa do colégio, então no final de semana ela só levantava àquela hora mesmo. Mas desembucha logo essa história, ela pediu ao sentar no sofá branco, depois vocês dizem que não tem nenhum problema a jogatina, que apostar é só brincadeira; agora você deve ter ficado preocupado...

A gente nunca diz isso, respondi antes de começar a contar. Expliquei que a teoria da falsificação era do Joaquim, com quem eu tinha almoçado no restaurante árabe do Largo do Machado no dia anterior. Segundo ele, existia uma diferença na letra do cheque quando se comparava o número escrito por extenso com o nome da cidade ou do mês registrados sobre a assinatura. O Quincas me pediu para levar o cheque quando combinamos o encontro, contei para Fernanda, e durante o almoço ele chegou a essa conclusão, então ficou mostrando obsessivamente os detalhes no desenho das letras, animado por ter, segundo ele, solucionado o caso. Mas como o cheque falsificado foi parar na mão do sujeito que entrou na tua casa, disso eu não faço ideia, tinha dito o Joaquim enquanto comíamos nossos kaftas. E vocês suspeitam de alguém?, ela perguntou. Bem, na verdade tem o Miranda, que me viu ganhar a aposta da semana passada... Ainda por cima, ele é um jogador de sinuca desses que fingem que não sabem jogar para ganhar o dinheiro dos outros, e desapareceu do Jóquei nas últimas duas semanas, acrescentei. Então foi isso!, esse cara deve ser um falsificador de cheques e tentou roubar o dinheiro, Fernanda constatou, com sua curiosidade satisfeita por essa explicação. Vai ver que, como o Quincas supõe, ele mandou um comparsa pra minha casa porque sabia que ia ter dinheiro vivo; ou talvez ele não tenha nada a ver com a história, sabe-se lá, porque a gente...

Ele me disse que você é muito mentiroso, minha irmã me interrompeu de repente no meio da frase. A declaração me pegou de surpresa, desarmado. Pois é, ela insistiu, liguei pra comentar o que você me explicou por alto ontem, no telefone, então o Quincas disse que era um caso muito maluco e que a gente precisava dar um desconto porque você adora inventar histórias. Eu sou o mentiroso? E você não conhece nosso primo?, respondi enquanto pegava no colo o gatinho que tinha pulado do sofá para vir com seus passos desajeitados até a poltrona em que eu estava sentado. Já viu quem veio aqui brincar com o seu gatinho?, Fernanda perguntou, me indicando a filha, que surgiu na porta da sala para o corredor. Observando o filhote que se empenhava em lutar com a minha mão, Dora explicou que ele era branco e preto e não preto e branco como o do desenho animado, só que mesmo assim eles tinham escolhido o nome do gatinho do desenho animado, que ela quis saber se eu já tinha visto.

Fernanda foi acordar o marido para eles se arrumarem, então minha sobrinha me convidou para o bosque, como ela chamava o pequeno quintal do apartamento térreo. A área externa é dividida por uma treliça branca de madeira: de um lado, dando para a cozinha, ficam o tanque e o varal de roupas; do outro, o espaço cheio de vasos de plantas pendurados nos muros ou espalhados pelo chão, entre os quais se destaca uma jardineira imensa onde cresce uma pequena palmeira. Deitei na rede à sombra do telhadinho que se apoia na treliça e, dali, passei a representar meus vários papéis na brincadeira de criança enquanto acompanhava os movimentos do gato e da Dora, que o perseguia com um tigre de pelúcia na mão. Quando Fernanda veio buscar a filha para se arrumar também, fui até o escritório olhar as mensagens que poderiam ter chegado nas últimas horas, ainda com um fio de esperança. André, já de rosto lavado, me disse para ficar à vontade e reparar na mesa nova dele, uma porta de vidro blindex equilibrada em dois cavaletes metálicos pretos. Em cima dela, ocupando um dos cantos, havia a maquete perfeita de uma casa de traços modernistas. Pelo cuidadoso ordenamento dos papéis e dos lápis de desenho enfileirados, essa mesa contrastava com a outra, menor, de madeira clara, na qual o computador que eu liguei competia por espaço com pilhas de livros e várias pastas abertas, coisas que imaginei não terem sido arrumadas por minha irmã desde a mudança para a casa nova, no ano anterior.

Não encontrei nenhuma mensagem na minha caixa de entrada, nem mesmo um *spam* para criar um momento de suspense, então resolvi jogar uma partida virtual de sinuca, em homenagem ao Miranda, num site de jogos que tinha descoberto recentemente. Dora entrou no escritório num vestido de festa e com os cachos do cabelo agora muito bem arrumados, num penteado que ela classificou como sendo de princesa. Comentei que ela estava linda com aquela roupa, enquanto errava feio uma jogada na tela do computador. Fechando os olhos com força, bati com os punhos de leve na testa, e minha sobrinha fez uma cara de espanto, depois perguntou animada se eu estava brincando de algum jogo. Respondi que sim, fazendo um gesto com a mão para ela vir sentar no meu colo, em seguida Fernanda apareceu descalça, carregando dois pares de sapatos de salto alto entre os quais fui obrigado a fazer uma opção, com ar compenetrado. Você preferiu o mesmo que o André, só não entendi por quê, ela disse com um ar pensativo, obviamente desconsiderando nossa escolha e continuando em dúvida, enquanto meu cunhado, já vestido de terno para a festa, entrava e saía do escritório reclamando do atraso.

Apontei as pequenas bolas coloridas na tela do computador, expliquei por alto as regras do jogo e prometi para minha sobrinha que lhe mostraria uma mesa de verdade.

Entretanto, em vez de olhar para a tela, Dora ficou no meu colo com a cabeça virada para cima, observando a expressão séria que eu fazia ao tentar uma nova jogada. Se é um jogo, então por que você fica zangado assim?, ela perguntou afinal. Demorei alguns segundos para dizer alguma coisa, depois respondi, rindo, que era uma ótima pergunta.

19

No mar em frente à colônia de pescadores, vi se aproximar à distância um barco de madeira em meio a uma difusa neblina matinal. A praia no Posto Seis ainda estava na sombra, mas um ou outro banhista se aventurava na água fria, quase sem ondas naquela manhã. Os pescadores que esperavam na areia saudaram os dois ocupantes do barquinho azul e branco, o último a chegar, trazendo dezenas de anchovas e garoupas pescadas nas Ilhas Cagarras para se somarem aos peixes já expostos nas bancadas de ladrilho, diante das quais funcionários de restaurantes e senhoras com carrinhos de feira escolhiam cuidadosamente suas compras. Atrás deles, um velho de bigode branco com cara de poucos amigos trabalhava sentado, sem nenhuma pressa, trançando os fios das redes penduradas em armações de bambu. Aos poucos a derradeira leva foi descarregada, e os dois homens recém-chegados arrastaram o barquinho pela areia da praia, contribuindo para deixar aquele canto de Copacabana com um jeito de velha cidade pesqueira, preguiçosa, em contraste com o excesso de carros e ônibus na avenida.

Ao passar em frente ao edifício, tive a impressão de que o porteiro me olhava com desconfiança, talvez achasse que eu era um ladrão vigiando o movimento, quem sabe um sequestrador à espreita, pensei. Enquanto avançava alguns passos pela rua para fazer de conta que olhava as manchetes numa banca de jornal, julguei que uma das coisas mais idiotas que eu já tinha feito em toda a minha vida era ficar esperando naquela esquina das seis às sete e meia da manhã, após uma noite inteira sem dormir. E a consciência do quanto minha atitude era ridícula chegou a seu ápice quando, na volta a meu posto de observação na calçada da Avenida Atlântica, depois de todo aquele tempo de espera, Bia saiu de casa para caminhar na praia. Só então me dei conta de que nenhuma explicação minimamente digna poderia justificar minha presença ali àquela hora. Se por acaso ela tivesse me surpreendido, eu não saberia o que dizer.

Apesar do boné e dos óculos escuros, quando a porta do prédio se abriu reconheci imediatamente a moça de camiseta branca e short azul. No calçadão da praia, ela parou por um ou dois minutos para ajeitar os fones de ouvido, depois seguiu em direção ao Leme. Andei sem me preocupar em alcançá-la pelo calçadão de Copacabana, passando por turistas estrangeiros vermelhos de sol, senhores com roupas chamativas de ginástica, ciclistas obrigados a desviar dos distraídos que atravessavam a pista, vendedores ambulantes com suas caixas imensas de isopor, barraqueiros carregando pilhas de cadeiras de praia. Observava todos como peixes coloridos num aquário, porque a claridade intensa da manhã, em meio a um resto de neblina, dava ao ambiente uma certa densidade aquática. Mas com certeza devia ser eu, personagem insólito de calça comprida e camisa de botão em pleno dia de sol no calçadão da praia, o espécime mais exótico aos olhos dos demais passantes.

Avançava, assim, manhã ensolarada adentro, repassando o que tinha para dizer, a princípio sem conseguir tirar da cabeça o que me ocorrera na volta para casa, de carona com Juliano, depois do jantar no Nova Capela: obviamente ela não quer nada comigo e fico fazendo papel de idiota, esperando uma resposta que nunca vai chegar, eu tinha constatado. No entanto, ao chegar em casa de madrugada, não conseguira deixar de verificar com uma expectativa embaraçosa as caixas de correspondência, em busca de uma mensagem. E esse primeiro sinal foi o bastante para despertar, aos poucos, quase imperceptivelmente, a série de maquinações por trás da minha laboriosa dedicação à tristeza durante a semana seguinte.

Durante alguns dias, nem sequer pensei em trabalho. Mesmo as leituras relacionadas ao romance de Traub ficaram de lado, os livros com marcadores espalhados inutilmente sobre a mesa. Comecei a levantar muito tarde, o que eliminava as manhãs e me enchia momentaneamente de um certo otimismo, cujo efeito perdurava por uma ou duas horas. Mas eu era invariavelmente acometido por um acesso de depressão ao final do noticiário esportivo, sempre no mesmo horário. Passava as tardes ouvindo a intervalos regulares os mesmos discos da Billie Holiday, como se seguisse uma prescrição médica. Tomando vodca com gelo, ao som de "Don't explain" e "Do nothing till you hear from me", pensava nas minhas desventuras amorosas até ser capaz de ligar novamente a televisão e procurar, em meio ao acervo incrivelmente variado de imagens e sons disponíveis, alguma coisa que pudesse prender minha atenção por mais de cinco minutos.

Em vez de almoçar na rua, como de hábito, encomendava de um restaurante próximo alguma coisa e só saía no final da tarde, para escolher cuidadosamente na videolocadora do Estação Botafogo o filme que se adaptaria ao grau exato de desalento em que me encontrava. *A mulher do lado* foi um exagero na segunda, mas em compensação *O último metrô* encerrou muito bem a quarta-feira. Na noite seguinte, *Solaris*, versão clássica de Tarkovski, foi uma escolha difícil, que teve a vantagem de desperdiçar mais de uma hora na locadora e, além disso, pareceu se adequar perfeitamente ao estágio do meu sofrimento. Só que assistir a esse filme causou uma série de efeitos colaterais imprevistos, cujo principal sintoma foi um pesadelo de ficção científica na manhã de sexta, depois de semanas sem lembrar de nenhum sonho. Eu estava numa paisagem extraterrestre, vagando por estranhas formações rochosas em meio a um ambiente cor de ferrugem, de repente me dava conta de que não conseguia mais andar. Um homem vestido de escafandro flutuava em minha direção com o claro propósito de me matar, então eu tentava fugir por uma fenda apertada demais que logo se transformou num penhasco. Prestes a cair, acordei molhado de suor e olhei para o relógio despertador na mesinha de cabeceira, que marcava *12:37*.

Passei o resto daquele dia prostrado, me sentindo um pouco mal, e a duras penas troquei a cama pelo sofá da sala. Foi a caminho da locadora, quando a noite já tinha caído, que me ocorreu subitamente a ideia de falar com a Bia, talvez em consequência da decepção que senti mais uma vez ao verificar que não havia uma carta dela na caixa de correspondências do prédio. A madrugada seguinte eu passei em claro, examinando lentamente as muitas possibilidades de fracasso no meu plano de um novo encontro, que era um pouco como uma aposta: porque tinha me ocorrido aquela ideia eu sentia que precisava levá-la adiante, mesmo sabendo o quanto a matemática estava contra mim. Desse modo, meu ritual de fossa fora capaz, por algum tempo, de manter sob controle as eventuais recaídas de esperança, mas uma combinação inesperada de pensamentos despertada por um sonho suscitou o encontro efetivo para o qual eu caminhava numa manhã de sol, recordando confusamente o solitário percurso sentimental ao longo da semana. Já estava passando pelo Hotel Méridien, na divisa entre o Leme e Copacabana, quando reconheci a Bia a uns duzentos ou trezentos metros de distância. Continuei a andar, meio arrependido, sem saber muito bem o que dizer, enquanto ela se aproximou depressa, o rosto vermelho com uma expressão concentrada, e passou por mim como se não me conhecesse. Entre atônito e aliviado, fiz meia-volta e a observei se afastar a passos largos, sem perder o ritmo nem olhar para trás. Fiquei imóvel enquanto a perdia de vista, depois me sentei num banco diante do mar e não pensei em nada, apenas permaneci ali por muito tempo, olhando a praia, e de repente, num estalo, toda a minha inibição desapareceu. O embaraço e a hesitação deram lugar a um único impulso ao longo do caminho, até chegar à portaria do prédio.

A continuação da história se repetiria inúmeras vezes na minha cabeça pelas semanas seguintes. Se o caminho de ida tinha sido demorado e cansativo, a volta ficou gravada como se fosse um único passo. Apenas toquei o interfone, pedi ao porteiro para avisar à Ana Beatriz que era o Murilo, e esperei a autorização para subir. Ela abriu a porta do apartamento: o que você...? Interrompi a pergunta: preciso falar com você. Mas como assim, aqui, agora?, ela perguntou. Expliquei: você passou por mim direto na praia, então eu quase voltei pra casa, mas achei que não dava mais. Na praia? Onde? Não te vi lá, ela disse, surpresa, parecendo sincera. Tinha tomado banho e trocado de roupa, mas o rosto ainda estava ligeiramente vermelho da caminhada. Pois é, andei no calçadão, queria que a gente se encontrasse no meio do caminho, só que você passou bem do meu lado, a meio metro, e acho que não me viu, continuei a explicar.

Vem cá então, ela disse meio atordoada, após um momento de hesitação, e foi andando na minha frente pela sala do apartamento, que me pareceu bem maior àquela hora, na claridade do dia, do que durante a festa. No início do corredor, ela abriu uma porta que na outra noite eu vira fechada e me fez entrar numa salinha estreita, em seguida num quarto amplo, de pé direito alto, com uma bancada que ocupava toda a parede lateral, uma janela com vista para o mar e vários móveis espalhados de uma maneira meio aleatória. Aqui vai ser meu estúdio, ainda tenho que arrumar as coisas, ela disse enquanto puxava uma cadeira de escritório e me indicava uma das poltronas. Então, Murilo, o que você tem pra me dizer?

20

Ao subir as escadas, reparei no gato cinza que vagabundeava num banco da arquibancada, ainda mais vazia do que de hábito durante os primeiros páreos de sábado. Logo reconheci os mesmos rostos de sempre entre os poucos frequentadores reunidos perto das bancas de apostas, cada um com o programa dobrado nas mãos, como se fosse um mapa em que estão marcadas as surpresas, as combinações de resultados, as barbadas, os azarões que poderiam finalmente trazer, naquela tarde, uma vitória definitiva sobre o imponderável, a virada na sorte que parece tão perto de acontecer.

Em qualquer hipódromo de qualquer cidade deve haver desses rostos nos quais se vê o cansaço de uma luta constante contra o tempo..., mas talvez eu só pense assim porque não estou com vontade de jogar. Parece que são rostos de papelão, maus, vazios, avarentos, moribundos, dia após dia naquele grande buraco vazio de lugar nenhum, ferindo aos poucos ou assassinando as horas, como diz Bukowski em seu diário, numa frase que nunca esqueci. Não me importa se perco ou ganho, só quero apostar, é o que afirma a expressão de um mulato magro, elegante com seus oclinhos redondos e sua camisa social tipo *guayabera*, uma daquelas pessoas que estão sempre ali, que não perdem um dia de corrida por nada deste mundo. Mas certamente não se trata de um rosto de papelão. Ao contrário, seu olhar desdenhoso e seguro me faz lembrar que os jogadores são autênticos filósofos, outra ideia roubada do diário que li nesta mesma arquibancada, num domingo longínquo em que Joaquim teve de faltar ao nosso compromisso semanal com o mundo em miniatura que é aquele lugar.

Nas raras ocasiões em que ia sozinho ao Jóquei, eu gostava de pensar no futuro sentado diante da pista de corrida; especialmente à noite, vendo as mariposas voejando nos refletores e, mais distantes, os quadriculados formados pelas luzes trêmulas dos prédios, enquanto ouvia o ruído abafado do trânsito nas ruas da cidade. Mas, de volta ao hipódromo depois de um mês de ausência, não faço planos para o futuro. Pelo contrário, meu pensamento é tomado de assalto pelas lembranças dos eventos que tiveram início aqui mesmo, algumas semanas atrás. O gato cinza se espreguiça no primeiro banco da arquibancada, indiferente à passagem de três senhores numa discussão acalorada. O lastro do passado ainda me puxa para o outro lado, para o fundo em que se encontra a mesma recordação tantas vezes repetida.

Depois que nos sentamos, Bia permaneceu com uma expressão séria, e eu hesitei um pouco no começo. Mas o que eu tinha para falar logo ganhou um contorno definido: faz muitos anos, você me disse que precisava conversar comigo, agora é a minha vez. Ela continuou a me olhar fixamente, em silêncio. Você leu a carta que eu mandei, afinal?, resolvi perguntar. Ela demorou algum tempo: fiquei com medo de que fosse isso mesmo, Murilo; eu li sim, mas a gente nem devia conversar isso, aliás o Rodrigo vai acordar daqui a pouco... De repente ela tinha perdido a expressão de seriedade, e num vestígio de nervosismo notei que havia mais do que a simples preocupação com o marido. Eu tinha que arriscar, respondi; sei lá, quando você passou direto por mim na praia, achei que podia ter sido de propósito, depois entendi que não importava, na verdade, de qualquer maneira eu tinha que falar, mesmo se você não quisesse. Claro que não foi de propósito, ela disse, balançando a cabeça de leve. Eu preciso saber o que você pensou quando leu a minha carta, exigi. Mas não faz nenhum sentido você me perguntar essas coisas agora, você sabe muito bem, ela adotou um tom defensivo. Eu sei, é claro, e quando a gente se viu no restaurante naquele dia ficou óbvio, por todos os sinais, que não fazia sentido, e eu passei a semana inteira depois tentando me convencer a esquecer essa história, mas, não sei por quê, juro que não sei, continuo a desconfiar que tem alguma coisa escondida aí. Durante um intervalo de silêncio, ela ficou olhando para o chão e finalmente disse *não*. Mas a voz saiu fraca, sem firmeza, só um sussurro.

Depois me aproximei lentamente, sentei no chão diante dela e vi que, em seu rosto, havia um ar desolado. É verdade, Bia, naquela época eu já gostava de você, só tive muito medo, não sabia como reagir..., pensei muito nisso durante as últimas semanas, tudo o que escrevi na carta é verdade, falei calmamente. E a minha frase pareceu despertá-la: Murilo, você me disse muitos anos atrás que eu não devia levar a sério essa história, que era pra te esquecer, e eu gostava de você de verdade, eu amava você, passei anos sofrendo por sua causa, mas com o tempo aprendi a gostar de outras pessoas. Mas..., tentei interromper, já prevendo o desfecho, porque alguma coisa na maneira dela de falar parecia não deixar margem para dúvida.

O segundo páreo do dia me distrai por alguns momentos da recordação, no entanto é com indiferença que acompanho a chegada dos cavalos e, em seguida, sua tradução no placar em números que me parecem aleatórios. Pelo desânimo na arquibancada, o resultado não trouxe nenhuma surpresa, penso, provavelmente aconteceu o que era mais previsível, os favoritos chegaram na frente e frustraram os apostadores.

O desfecho permaneceu no ar, em suspenso, num silêncio que durou vários minutos até eu me convencer a dizer que era melhor ir embora. No entanto, ela pareceu não me ouvir, então ainda ficamos parados ali por mais algum tempo, de maneira que esse intervalo sobrecarregado me deu a impressão de repercutir e amplificar a cena que se repetia entre nós dois, com papéis trocados, depois de quase dez anos. Uma cena fora do tempo, uma situação que escapou por um instante dos limites daquele momento.

Foi a impressão de repetir a cena que me levou a fazer uma última pergunta: então você me esqueceu e deixou de gostar de mim?, eu disse (surpreso com essas palavras inesperadas e vacilantes que de repente saíam da minha boca, como se eu fosse o adolescente de nosso encontro anterior, anos antes). Pode dizer a verdade, acrescentei, só quero saber isso de você. Ela demorou um pouco, olhando para mim num suspiro fundo, que a desarmou. Não, eu nunca deixei de amar você, acabou dizendo num fio de voz em meu ouvido enquanto me abraçava, entregue por um momento. Mas logo em seguida o contato se desfez e chegamos ao final da conversa, ao momento que eu tinha deixado em suspenso para extrair a confissão: melhor você ir embora, Murilo... eu fiz o que você pediu, agora você vai ter que aprender a lidar com isso.

Olho para o céu de outono que ressalta os contornos dos morros e dos prédios, como numa colagem de recortes cinza, verdes e brancos sobre um fundo azul lavado. Depois reparo numa menininha de cabelos cacheados aos saltos com o seu cavalo de brinquedo, em frente à arquibancada, acompanhada de longe por um casal. O rapaz, bem jovem, mas já com idade para ser o pai dela, está fumando um cigarro, apoiado na grade, enquanto a mulher, que parece mais velha do que ele, anda para lá e para cá falando animadamente no celular. Na pista de grama, por onde passariam depois os corredores em disparada, alguns quero-queros ciscam sem nenhuma pressa. A garota aponta para eles, feliz da vida, segurando o tubo vermelho com uma cabeça de cavalo branca e fazendo uma expressão teatral de espanto, como se os pássaros na pista fossem a coisa mais incrível do mundo.

Não me animei a apostar, simplesmente fiquei sentado no banco de madeira, com ar distraído, relembrando por horas a fio aquelas semanas que antecederam minha viagem. Joaquim chega só depois do quarto páreo e sobe as escadas depressa, sorrindo. Então, a volta do filho pródigo, ele diz quando se aproxima de mim, depois me dá um abraço e pede notícias da estada em Diamantina. Ainda não tínhamos nos encontrado desde a minha chegada, por isso ele está ávido para saborear os nomes dos lugares e das pessoas de lá. Você fez bem em escapar desse final do verão carioca, ele comenta. Concordo inteiramente: pois é, um mês dormindo de cobertor, acordando com os passarinhos no jardim da minha avó e tomando aqueles cafés da manhã, muito bolo de fubá com pão de queijo, ovo frito na chapa do fogão a lenha, geleia de pitanga, doce de mamão, uma festa. Pescou muito no açude? Tomou a vodca do alambique do tio Nico?, ele se diverte com a pergunta que sempre faz.

Quase perdemos a hora de apostar no quinto páreo do programa, uma corrida fraca, como o Joaquim previra. O cavalo 5, Rubayat, não contribui em nada para mudar meu humor, correndo em penúltimo lugar desde a largada, apesar do seu belo nome, como se estivesse ali apenas a passeio. O quatro em quarto, faz sentido, diz meu primo ao ver como o cavalo que ele tinha escolhido também se revela uma decepção no final da reta. Minha opção pelo azarão entre os sete competidores leva Joaquim a desenvolver toda uma teoria sobre o típico comportamento dos apostadores depois de um grande golpe de sorte: você agora vai sempre escolher um cavalo que paga mais de dez por um, parece que é possível acertar, por isso não tem graça nenhuma jogar baixo, ele argumenta, aos poucos as pessoas gastam tudo o que ganharam depois de acertarem uma daquelas que você acertou. Deve ser, respondo, é o que acontece com o personagem do livro que preciso terminar de traduzir. Quando não são roubadas, claro..., ele ainda brinca.

Numa coisa ele tem toda razão: se é para correr o risco, por que arriscar pouco? Começa então um burburinho entre as pessoas à nossa volta, que olham para o alto, apontando alguma coisa. Joaquim dá de ombros, olhando para mim, enquanto vejo surgir no céu, quase como se tivesse saltado da cobertura da arquibancada, uma asa-delta que percorre meio círculo sobre a pista e volta a desaparecer de nosso campo de visão. Descemos a escada em direção ao espaço aberto defronte à tribuna, para enxergar melhor, em seguida a asa-delta vermelha e verde desponta de novo, voando ainda mais baixo, passa por cima das pistas e inicia uma curva fechada. Depois de três giros na descendente, já quase chegando ao chão, o piloto empina a asa e pousa com suavidade no meio do gramado entre as pistas. Os espectadores aplaudem entusiasmados, como se o espetáculo fosse para eles. As corridas são adiadas enquanto a situação se resolve; até os jóqueis, já vestidos para o próximo páreo, vêm ver o que aconteceu. Quando o piloto já está terminando de desmontar sua asa-delta, chega um amigo dele numa caminhonete e, quase ao mesmo tempo, um carro do corpo de bombeiros. O amigo explica para os curiosos, bombeiros, policiais e funcionários que foi um pouso de emergência, porque o vento sudoeste estava muito fraco, de modo que a asa não conseguiu alcançar as térmicas sobre o Dois Irmãos. Ele tinha perdido altitude na volta do Corcovado, então era muito arriscado voltar até São Conrado, explica tranquilamente o rapaz de óculos escuros e barba por fazer. Depois de cinquenta minutos de paralisação, o alto-falante anuncia que está tudo sob controle, o piloto da asa-delta passa bem e o programa será retomado, em seguida enumera os nomes e as informações a respeito dos cavalos competidores, na apresentação para o próximo páreo.

Ao que parece, as coisas voltaram ao normal no hipódromo, no entanto decido não esperar a corrida e me despeço do Joaquim, explicando a ele que estou no último capítulo do livro de Traub, por isso quero terminar logo o trabalho que me espera em casa, bem perto do fim. Ele reclama um pouco, mas me deixa ir. Na saída do Jóquei, sem saber muito bem por quê, desisto na última hora de pegar um dos táxis que estavam parados no ponto e começo a andar pela avenida Bartolomeu Mitre em direção à praia do Leblon. O final da tradução pode ficar para mais tarde. No longo caminho que resolvo percorrer a pé, um rosto alegre qualquer, um gesto inesperado ou o mar agitado são focos de atenção que conduzem meu pensamento, modificando a tonalidade da imaginação a vagar por cidades distantes ou seguir intrincados fios de eventos que, como uma rede cuidadosamente disposta, podem capturar uma alegria em algum ponto do futuro. Mas qualquer previsão é apagada também, no instante seguinte. Com o privilégio inestimável de ser ainda indeterminado, livre de qualquer amarra, o que está para acontecer oscila assim, logo adiante, como uma miragem à minha espera.

SOBRE O AUTOR

Pedro Süssekind nasceu em 1973 no Rio de Janeiro, onde mora até hoje. É professor de estética e filosofia da arte na Universidade Federal Fluminense. Como tradutor, foi responsável pela publicação, no Brasil, de diversas obras de escritores alemães, entre eles Goethe, Kleist, Hölderlin e Schopenhauer. Em 1998, participou da Coleção Moby Dick, da editora 7 Letras, com 100 exemplares numerados do conto "Rio". Em 2004, lançou pela mesma editora o volume de contos *Litoral*, e uma das histórias desse livro, "Libélulas", foi incluída depois na antologia *Rio literário: um guia apaixonado da cidade do Rio de Janeiro* (Casa da Palavra, 2005). Nas coletâneas *Paralelos* (Agir, 2004), *Dentro de um livro* (Casa da Palavra, 2005) e *Contos sobre tela* (Pinakotheke, 2005), publicou contos inéditos. *Triz* é seu primeiro romance.

Este livro foi composto em Minion pela
Bracher & Malta, com CTP do Estúdio
ABC e impressão da Bartira Gráfica e
Editora em papel Pólen Soft 80 g/m² da
Cia. Suzano de Papel e Celulose para a
Editora 34, em novembro de 2011.